글나무 시선 13

대만의 형상
台灣意象集

글나무 시선 13
대만의 형상

저 자 | 리쿠이셴
역 자 | 강병철
발행자 | 오혜정
펴낸곳 | 글나무
주 소 | 서울시 은평구 진관2로 12, 912호(메이플카운티2차)
전 화 | 02)2272-6006
등 록 | 1988년 9월 9일(제301-1988-095)

2024년 1월 15일 초판 인쇄 · 발행

ISBN 979-11-87716-99-0 03810

값 14,000원

대만의 형상
台灣意象集

리쿠이셴(李魁賢, Lee Kuei-shien) 제16시집

리쿠이셴(李魁賢, Lee Kuei-shien)

1937년 타이베이에서 출생한 대만 시인이다. 대만 국가문화예술
기금회이사장(國家文化藝術基金會董事長)을 역임하였고 현재 2005년 칠
레에서 설립된 Movimiento Poetas del Mundo의 부회장이다. 그
는 1976년부터 영국의 국제 시인 아카데미 (International Academy of
Poets)의 회원이 되었고 1987년에 대만 PEN을 설립했으며 조직회
장을 역임했다. 1994년 한국의 아시아 시인상, 1997년 대만 룽허
우 시인상, 2000년 인도 국제시인상, 2001년 대만 라이호 문학상
및 프리미어 문화상, 2002년 마이클 마두사단 시인상, 2004년 우
산리엔 문학상, 2005년 몽골문화재단 시인상 등을 수상했다. 그는
2002년 인도 국제 시인 아카데미(International Poets Academy of India)
의 노벨 문학상 후보로 지명되었으며 2004년, 2006년도에도 노
벨문학상 후보로 지명되었다. 그는 중국어로 28권의 시집을 발간
하였으며 다양한 언어로 번역된 시집을 포함하여 60권의 시집을
발간하였다. 그의 작품들은 일본, 한국, 캐나다, 뉴질랜드, 네덜란
드, 유고슬라비아, 루마니아, 인도, 그리스, 리투아니아, 미국, 스
페인, 브라질, 몽고, 러시아, 쿠바, 칠레, 폴란드, 니카라과, 방글라
데시, 마케도니아, 세르비아, 코소보, 터키, 포르투갈, 말레이시아,
이탈리아, 멕시코, 콜롬비아 등에서 번역되었다. 영역된 작품들은
〈Love is my Faith(愛是我的信仰)〉,〈Beauty of Tenderness(溫柔的美感)〉,
〈Between Islands(島與島之間)〉,〈The Hour of Twilight(黃昏時刻)〉,
〈20 Love Poems to Chile(給智利的情詩20首)〉,〈Existence or Non-
existence(存在或不存在)〉,〈Response(感應)〉,〈Sculpture & Poetry(彫
塑詩集)〉,〈Two Strings(兩弦)〉,〈Sunrise and Sunset(日出日落)〉 and
〈Selected Poems by Lee Kuei-shien(李魁賢英詩選集)〉 등이 있으며
한국어 번역본은 2016년에 발간된《노을이 질 때(黃昏時刻)》가 있
다. 그는 인도, 몽골, 한국, 방글라데시, 마케도니아, 페루, 몬테네
그로, 세르비아 등에서 국제문학상을 받았다.

한국 시단과의 인연

리쿠이셴(李魁賢)

　나와 한국 시단과의 관계를 되돌아보면 1981년으로 거슬러 올라간다. 《亞洲現代詩集》을 발간하였는데, 이 사화집(詞華集)은 한국의 구상(具常) 시인과 김광림(金光林) 시인, 대만의 첸치엔우(陳千武) 시인과 파이치우(白萩) 시인, 일본의 아키야 유타카(秋谷豊) 시인과 타카하시 키쿠하라(高橋喜久晴) 시인 등이 함께 영어, 한국어, 중국어, 일본어 4개 국어로 출판했다. 매년 《亞洲現代詩集》을 한국, 대만, 일본에서 번갈아 가면서 출간하였는데 내 시작품들도 매년 게재되었다. 아울러 초대되는 동남아시아 시인들의 작품들을 중국어로 번역하여 소개하는데도 협조하였다.

　이 사화집 발간 사업은 1984년에 《地球》 시문학회 회장인 일본 아키야 유타카(秋谷豊) 시인이 일본에서 처음으로 소집한 '아시아시인회의(亞洲詩人會議)'로 발전했으며, 참가한 대만 시인 중 일부가 처음으로 서울을 방문했다. 나를 포함한 대만 시인 5인의 작품을 김시준이 한국어로 번역하여 《心象》에 소개한 것을 계기로 《心象》의 박동규(朴東奎) 편집

장을 만났다.

이후 3개국에서 차례로 '아시아시인회의(亜洲詩人會議)'가 개최되었으며, 1986년과 1993년 서울에서 열린 '아시아시인회의(亜洲詩人會議)', 1990년 제12차 세계시인대회에 대만 시인단체가 참가하였다. 《亜洲現代詩集》과 '아시아시인회의(亜洲詩人會議)'를 통해 한국과 대만 시인들은 긴밀한 교류를 하였으며, 김광림(金光林) 시인 외에도 권택명(權宅明) 시인을 비롯한 많은 젊은 시인들이 대만을 방문하여 '아시아시인회의(亜洲詩人會議)'에 참석하여 교류하였다. 《心象》 외에도 이윤수(李潤守)가 편집한 《竹筍》에도 대만 시인들의 작품을 번역하여 싣는 등 대만 시인들과 한국 시인들은 지속해서 교류를 이어 나갔다. 불행하게도 한국은 중국과의 수교를 위해 1992년 대만과의 국교를 단절하였고, 이로 인해 한-대만의 국제시 교류가 눈에 띄게 쇠퇴하였다.

김광림(金光林) 시인의 후손인 김상호(金尚浩) 시인은 1980년대 후반 대만으로 유학을 와서 오랫동안 대만 대학에서 강의하였으며, 대만 독자들에게 많은 한국 시를 소개할 기회를 얻었다. 내 시집인 《黃昏時刻》(바움커뮤니케이션, 2016)을 포함하여 많은 대만 시를 한국어로 번역하여 한국에서 출판했으며, 한중 시 100편의 이중 언어 버전은 이후 양국 간 주요 국제 시 교류 활성화에 이바지해 왔다.

나는 21세기부터 세계 5대륙에 걸쳐 뻗어 나가는 대만의 국제 시 교류 사업에 많은 정성을 쏟았으나 아시아에서 한국과의 협력 채널이 부족했다. 이번에 강병철 박사가 번역한 나의 시가 2023년 6월 30일부터 10월 22일까지 약 3개월 동안 '뉴스N제주'에 20회 연재되는 행운을 누렸다. 그리고 한국에서 《대만의 형상》이 번역되어 한국어, 중국어, 영어 3개 국어 시집으로 출판된다. 이에 맞춰 나는 '秀威資訊科技公司出版部' 출판부에서 2024년에 출판할 강병철 시집 《竹林颯颯》와 양금희 시집 《鳥巢》를 중국어로 번역했다. 이번 기회를 빌려 세계적으로 유명한 '淡水福爾摩沙國際詩歌節(단수이 포모사 국제시 페스티벌)'에 한국 시인들을 초청해 한국과 대만 간 시 교류 활동과 성과를 더욱 강화해 나가기를 진심으로 기대한다.

2023. 10. 27.

我與韓國詩壇緣份

李魁賢

　　回憶我與韓國詩壇緣份，可追溯到1981年，由韓國詩
人具常與金光林，台灣詩人陳千武與白萩，日本詩人秋
谷豐與高橋喜久晴合作，以英韓華日四種語文編印出版
《亞洲現代詩集》年刊，輪流在三國編集，出版，拙詩除
每年入選外，也參與將東南亞應邀詩人作品譯成華文的
協助工作。1984年發展成亞洲詩人會議，首度在日本由
《地球》詩社社長秋谷豐召集，有部份參加的台灣詩人組
團先經首爾（當時還稱為漢城）旅遊，與《心象》詩刊主
編朴東奎見面，因《心象》刊載金時俊韓譯五位台灣詩
人作品，包括我在內。

　　爾後，亞洲詩人會議也在三國輪流舉行，台灣詩人組
團參加1986年和1993年漢城亞洲詩人會議，以及1990
年第12屆世界詩人會議。透過《亞洲現代詩集》與亞洲
詩人會議，韓國與台灣詩人交往熱絡，除了金光林外，年
輕一輩的權宅明等多位詩人，也來台灣出席亞洲詩人會
議，與台灣詩人不斷聯繫。韓國詩刊除《心象》外，李潤

守主編的《竹筍》也常譯載台灣詩人作品。可惜韓國為了與中國建交，以致在1992年與台灣斷交，無形中使韓台國際詩交流衰落。因金光林哲嗣金尚浩在1980年代末期到台灣留學，從此長期留在台灣在大學教書，有機會介紹許多韓國詩給台灣讀者，也韓譯許多台灣詩在韓國出版，包括拙詩集《黃昏時刻》擴大版100首韓華雙語本(Baumcommunications, 2016年)，從此負起重大的韓台國際詩交流的再興。

21世紀以來，我投入很多心力在台灣的國際詩交流工作，遍及世界五大洲，亞洲卻缺少韓國管道，尚付之闕如。此次承姜秉徹博士韓譯拙詩集《台灣意象集》，有幸得以在《濟州新聞報》連載20次，自2023年6月30日至10月22日，歷時近三個月，並將在韓國出版韓漢英三語本。相對地，我也漢譯姜秉撤詩集《竹林颯颯》和梁琴姬詩集《鳥巢》，將由秀威資訊科技公司出版部於2024年出版。深深期待藉此機會，能邀請韓國詩人參加享有世界盛譽的淡水福爾摩莎國際詩歌節，繼續加強韓台兩國間的詩交流活動和成果。

2023. 10. 27.

My good opportunity with the Korean poetry circles

By Lee Kuei-shien

Looking back on my relationship with the Korean poetry circles, it can be traced returning to 1981. There was an Anthology of "Asian Modern Poetry" compiled in cooperation by Korean poets Koo Sang and Kim Kwang-rim, Taiwanese poets Chen Chien-wu and Pai Chiu, as well as Japanese poets Akiya Yutaka and Takahashi Kikuharu, published with quadrilingual version, i.e. English, Korean, Mandarin and Japanese. This annual "Asian Modern Poetry" was compiled and published in that three countries in turn, for which my poems were selected annually. In addition, I also helped to translate the poems of invited poets from Southeast Asia into Mandarin. In 1984, this Anthology was developed into the Asian Poets Conference, organized for the first time in Japan by Akiya Yutaka, the president of the "Chikyu"

Poetry Society. Some participating Taiwanese poets first traveled to Seoul and took the opportunity there to meet poet Park Dong-kui, the editor-in-chief of the popery magazine "Image", which just published the poems of five Taiwanese poets, including myself, translated into Korean by Kim Si-jun.

Since then, the Asian Poets Conference has also been held in that three countries in turn. Taiwanese poet groups participated 1986 and 1993 Asian Poets Conference in Seoul, as well as 12th World Poets Conference in 1990. Through the Anthology of "Asian Modern Poetry" and Asian Poets Conference, Korean and Taiwanese poets have developed close contacts. In addition to Kim Kwang-rim, many poets of the younger generation, including Kwon Tack-myong and others, also came to Taiwan to attend the Asian Poets Conference and contacted with Taiwanese poets constantly. In addition to "Image", another Korean poetry magazines such as "Bamboo Shoots" edited by Li Yun-shou also often published the works of Taiwanese poets. Unfortunately, in order to establish diplomatic relations with China, South Korea severed diplomatic relations with Taiwan in 1992, which invisibly declined the good international poetry communication between South Korea and Taiwan.

Because Kim Sang-ho, the son of poet Kim Kwang-rim, went to Taiwan to study in the late 1980s and has been staying in Taiwan for long time to teach at the university, so he had the opportunity to introduce many Korean poems to Taiwanese readers, and also translated many Taiwanese poems into Korean and published them in Korea, including my collection of poems "The Hour of Twilight", an expanded Korean-Mandarin bilingual version of 100 poems(Baumcommunications, 2016). Kim Sang-ho has been responsible for the revitalization of international poetry communication between South Korea and Taiwan so far.

Since 21st century, I have devoted a lot of time and energy to the international poetry communication mission in Taiwan, which has spread across five continents of the world. However, in Asia, I regretfully lacked of the Korean channels and has been absent. This time, Dr. Kang Byeuong-cheol's translation of my poetry book "Taiwan Images Collection" into Korean gave my poems the honor published in series of 20 times in "News N Jeju", starting from June 30 until October 22, 2023, lasted for nearly three months, and will be published in a book form in South Korea, with Korean, Mandarin and English trilingual edition. Relatively, I have also translated into Mandarin the poetry books "Sounds of Bamboo Forest" by Kang Byeong-Cheol and "Nests of Birds" by Yang Geum-Hee, both will be published by Publishing Section of Showwe Information Co., ltd in 2024. I deeply look forward to taking this opportunity that Korean poets will be invited to participate the worldwide renowned Formosa International Poetry Festival in Tamsui, and continue to strengthen poetry communication activities and achievements between South Korea and Taiwan.

2023. 10. 27.

대만의 대표 시인 중의 한 분인 위대한 리쿠이셴(李魁賢) 시인의 시집을 번역하여 한국의 독자들에게 소개하게 되어서 매우 기쁘다.

그의 시는 아름답고 우아하다.

시 작품의 명료한 표현은 독자들이 산수화를 감상하는 느낌을 받게 할 것이다.

그의 시를 읽으면, 아름다운 대만의 풍경과 우호적이고 진솔한 대만 사람들의 품성을 느낄 수 있을 것이다.

대만을 여러 번 방문하면서 느낀 것은 대만 사람들이 친근하고 매우 신뢰할 만하다는 것이었다.

이 위대한 리쿠이셴(李魁賢) 시인의 시집이 한국의 독자들에게 대만 사람들의 아름다운 정신과 대만의 아름다움을 경험하는 기회를 주기를 바란다.

2023년 가을에
강 병 철

我很高興翻譯台灣代表性詩人之一, 大詩人李魁賢的詩集, 介紹給韓國讀者。

他的詩優美而高雅。

詩中清晰表現, 讓讀者感覺有如在欣賞山水畫。

讀他的詩, 會感受到台灣美景和台灣人民的誠信。

我多次造訪台灣後, 發現台灣人民非常友善, 值得信賴。

希望大詩人李魁賢這本詩集, 能成為體驗台灣之美和台灣人民善良精神的機會。

2023年 秋季

姜秉徹, 是韓國作家, 詩人, 翻譯家, 政治學哲學博士。1964年出生於韓國濟州市, 1993年開始寫作生涯。29歲發表第一篇短篇小說 "Song of Shuba"。2005年出版短篇小說集, 迄今榮獲四項文學獎, 共出版八本書。2009年至2014年, 成為國際筆會牢獄作家委員會(WiPC)成員。2018年至2022年, 擔任濟州統一教育中心祕書長。之前, 於2016年至2018年為濟州國際大學特聘教授, 2013年至2016年為忠南大學國防研究院研究教授, 2010年至2017年擔任離於島研究會研究室主任, 2010年至2013年兼任濟州人網路新聞媒體執行長。另外在濟州市報紙《新濟州日報》擔任社論主筆。目前職務是韓國和平合作研究院研究理事, 濟州市報紙《濟民日報》社論主筆。

I am pleased to translate the poetry collection of Great Poet Lee Kuei-shien(李魁賢), one of Taiwan's representative poets, and introduce it to Korean readers.

His poetry is beautiful and elegant.

The clear expression in his poems make readers feel like looking at a landscape painting.

When you read his poetry, you can feel the beautiful scenery of Taiwan and the integrity of the Taiwanese people.

What I've noticed after visiting Taiwan several times is that the Taiwan people are very friendly and trustworthy.

I hope this Great Poet Lee Kuei-shien(李魁賢)'s poetry book will be an opportunity to experience the beauty of Taiwan and the beautiful spirit of the Taiwanese people.

Fall 2023

Kang Byeong-cheol

달콤하면서 쌉싸름한
인생의 진리와 통찰의 결정체

양 금 희(梁琴姬, 시인, 국제펜 제주지역위원회 부회장)

시인은 마음의 창문을 통해 보이는 현상을 지각하고 통찰력을 얻어 새로운 언어로 조각하며 시를 세상과 나눕니다.

이러한 방식으로 시인은 자연을 통해 관찰한 우주의 섭리와 세계와의 조화를 영혼의 깊은 곳에 투영합니다. 마치 도예가가 예술적 사유로 아름다운 작품을 만드는 것과 같이, 시인은 언어를 통해 정교한 시를 창조합니다.

이러한 맥락에서 이 구절에서 언급된 대로, 시인 리쿠이셴의 작품은 자연 현상에서 관찰한 경험을 기반으로 인간의 내면을 사유합니다.

칸트가 《순수이성비판(純粹理性批判)》을 쓰면서 고민한 '인간이 경험을 할 수 있게 하는 본질적인 인지 능력'인 감성(感性)과 깨달음(悟性)에 대한 그의 통찰력이 드러나는 것처럼 보입니다. 리쿠이셴 시인의 아름다운 시는 본성적인 이성과 습득한 경험을 결합하여 창조되어 미학의 최고봉을 나타냅니다.

저는 리쿠이셴 시인의 작품을 깊이 감상하는 대한민국 독자로서 기쁨을 느낍니다. 그의 16번째 시집인 《台灣意象集(대만의 형상)》이 대만의 탁월한 문학 작품 중 하나로, 한국어, 영어로 번역되어 대한민국에서 출판되었다는 사실을 기쁘게 생각합니다. 리쿠이셴 시인의 한국어 번역 시집 추천글을 쓰게 되어 무한한 영광으로 생각합니다.

그는 대만어로 28권의 시집을 발간하였고 다른 언어로 발간된 시집까지 합하면 60권의 시집을 출판하였습니다. 그리고 세 번이나 노벨 문학상 후보로 지명되기도 한 명망 높은 시인입니다.

그의 시의 아름다움은 마음을 아름답게 가꾼 사람에게만 가능한 미학적 표현에 있습니다. 자연을 세심하게 관찰함으로써 그의 시는 고통과 깊은 사유를 통해 형성된 인간의 경험을 흡수하고 통합합니다. 리쿠이셴 시인의 작품을 읽을 때, 독자는 자연의 아름다움과 삶의 달콤하고 쌉싸름한 맛에 공감하게 됩니다. 그의 시편은 깊은 통찰력을 제공하여 독자로 하여금 인간 세계에서 펼쳐지는 진리를 발견할 수 있도록 합니다.

대만의 저명한 시인 리쿠이셴의 시를 읽을 기회를 얻게 되어 기쁩니다. 대한민국 독자들에게 리쿠이셴 시인의 작품을 깊이 감상해 보기를 권합니다. 리쿠이셴 시인의 작품이 대한민국의 독자들에게 소중하게 여겨지고 사랑받기를 바랍니다.

關於人生苦樂的洞察力結晶和真理

—推薦大詩人李魁賢第16本詩集《台灣意象集》

梁 琴 姬(韓國筆會濟州地區委員會副會長，女詩人)

詩人透過心靈之窗，感知有形的現象，獲得洞察力，加以雕琢成新的語言，寫成詩，與世界分享。

如此一來，詩人可透過自然觀察到的宇宙天意與世界和諧，投射到心靈深處。正如陶藝家透過藝術思想塑造美麗的陶土創作一樣，詩人透過語言創作精美的詩。

就此而言，詩人李魁賢的作品吸取從自然現像中觀察到的經驗，思考人類的内在自我。

康德在寫《純粹理性批判》時所關注，似乎洞察到感性和悟性，即人類能夠體驗到「與生俱來的認知能力」，在此揭露。詩人李魁賢結合純粹理性與後天經驗所創作的優美詩篇，代表美學的最高峰。

我身為深愛詩人李魁賢作品的韓國讀者，很高興得知他的第16本詩集《台灣意象集》，台灣著名文學作品之一，已被翻譯成韓文，要在韓國出版韓漢英三語本。

能為詩人李魁賢的韓譯詩集寫推薦，感到無比榮幸。他是著名詩人，已出版53本詩集，並三度獲得諾貝爾文學獎提名。

他的詩作之美在於美學描繪，只有經過美麗的心修養心靈的人才能達成。透過細緻觀察大自然，他的詩無縫整合人類在痛苦和深刻反省中鑄成的經驗。閱讀詩人作品，特別感受到大自然之美和生活苦樂。他的詩句提出深刻見解，使讀者能夠發現人類世界中揭開的真理。

很感謝有機會讀到台灣傑出詩人李魁賢先生的詩。我滿懷衷心讚賞，向韓國讀者推薦他的詩。希望詩人李魁賢的作品能獲得韓國讀者的珍惜與喜愛。

女詩人梁琴姬，1967年出生於韓國濟州。已出版詩集《幸福帳戶》，《傳說與存在之離於島》，和散文集《幸福伴侶》。曾任離於島文學會首任會長，《濟州新聞》主編，離於島研究會研究員。曾任濟州國立大學濟州海洋大中心研究員，濟州國際大學特聘教授。現任《新濟州日報》社論主筆，濟州國立大學社會科學研究所特約研究員，韓國筆會濟州地區委員會副會長，濟州韓國統一研究學會理事，韓國倫理協會理事。曾獲四項文學獎。

A crystallization of insight and truth about the bittersweetness of life

By Poetess Yang Geum-Hee(梁琴姬, Vice-president of the Jeju Regional Committee of the Korean PEN Center, poetess)

A poet perceives visible phenomena through the window of the mind, gains insight, sculpts them into new language, and shares poetry with the world.

In this way, the poet projects the providence of the universe and harmony with the world, observed through nature, into the depths of the soul. Just as a potter shapes beautiful clay creations through artistic thought, a poet crafts exquisite poetry through language.

In this regard, Poet Lee Kuei-shien's work contemplates humanity's inner self, drawing from experiences observed in natural phenomena.

It is as if Kant's insight into sensibility(感性) and understanding(悟性), the 'innate cognitive abilities' that enable humans to experience, which he had been concerned about while writing the Critique of Pure Reason(純粹理性批判), is being revealed. Poet Lee Kuei-shien's beautiful poetry, created by combining Pure Reason and acquired experiences, represents the highest peak of aesthetics

I, as a Korean reader who deeply appreciates poet Lee Kuei-shien's work, am delighted to learn that his 16th poetry collection, '台灣意象集(Image of Taiwan),' one of Taiwan's eminent literary works, has been translated into Korean, Taiwanese and English and published in Korea.

I consider it an infinite honor to write a recommendation for Poet Lee Kuei-shien's Korean translated poetry collection. He is a renowned poet who has published 53 books of poetry and has been nominated twice for the Nobel Prize in Literature.

The beauty of his poetry lies in its aesthetic portrayal, achievable only by someone who has cultivated their soul with a beautiful heart. Through meticulous observations of nature, his poems seamlessly integrate human experiences forged through anguish and profound introspection. When reading the poet's work, one empathizes with the beauty of nature and the bittersweetness of life. His verses offer profound insights, enabling readers to discover truths unfolding in the human world.

I am grateful for the opportunity to read the poems of the distinguished poet from Taiwan, Poet Mr. Lee Kuei-shien. With heartfelt appreciation, I recommend his poetry to Korean readers. I hope that Poet Lee Kuei-shien's work will be cherished and loved by readers in Korea.

Poetess Yang Geum-Hee was born in 1967 in Jeju, Korea. She has published two collections of poetry books, "Happiness Account" and "Ieodo, Island of Legend and Existence", as well as one collection of essays titled "Happy Companion". She was the first president of the Ieodo Literature Association, the editor-in-chief of the Jejuin News, and worked as a research fellow at the Society of Ieodo Research. She served as a researcher at the Jeju Sea Grand Center at Jeju National University and a specially appointed professor at Jeju International University. Currently, she is an editorial writer for the New Jeju Ilbo, a special researcher at the Institute of Social Sciences of Jeju National University, a vice-president of the Jeju Regional Committee of the Korean PEN Center, an Executive of the Jeju Institute for Korean Unification, and an Executive of the Korean Association of Ethics. She has won four literary awards.

자연과 합일되는 순간으로 인도하는
리쿠이셴 시인의 '비가'

김 남 권 (시인, 한국시문학문인회 회장)

대만을 대표하는 한 분인 위대한 리쿠이셴(李魁賢) 시인의 시를 강병철 박사가 번역하여 읽을 수 있게 된 것은 행운이 아닐 수 없다. 서정성이 뛰어난 언어의 빛깔이 정제된 시의 무늬를 입고, 나비처럼 날아서 가슴 속으로 들어왔다. 시는 새로운 관찰로 빛을 내는 가장 높은 곳에 있는 언어의 성이다. 그 언어의 성은 예술의 최고의 경지에서 영혼을 울리는 성스럽고 아름다운 불꽃을 피운다. 모든 예술의 영역을 초월한 가장 성스러운 자리에 시가 있는 것이다. 그리하여 평생 시를 쓰고 시를 사유하며 시인의 삶을 살아온 사람을 우리는 '시선詩仙'이라 부르는 것이다.

리쿠이셴 시인은 대만어로 28권의 시집을 출간하였고, 다양한 다른 언어로 번역된 시집을 합하면 60권이나 된다. 또한, 2002년, 2004년, 2006년 노벨문학상에 세 번이나 후보로 추천된 바 있다. 그러므로 리쿠이셴 시인의 시를 접한다는 사실만으로도 '시선'을 직접 영접하는 일이라 할 수 있다.

번역된 그의 시가 한국, 일본, 캐나다, 뉴질랜드, 네덜란드, 유고슬라비아, 미국, 스페인, 브라질, 몽고, 러시아, 쿠바, 칠레, 폴란드, 니카라과, 방글라데시, 마케도니아, 세르비아, 코소보, 튀르키예, 포르투갈, 말레이시아, 이탈리아, 멕시코, 콜롬비아 등에 소개되었다.

세계적인 시인인 리쿠이셴 시인의 시는 심상의 울림을 넘어선 궁극의 경지를 보여준다고 할 것이다.

> 오직 마음속으로만 울부짖는 / 노래가 하나 있네. / 누구에게도 들리지 않을 노래야. / 고향 땅에서 일어난 고통을 / 아무도 이해하지 못할까봐 두려워. / 마음속에 있는 노래는 / 오직 고향 사람들만을 위해 부르는 노래라네. / 그들은 외국 땅으로 추방되었고, / 아무도 듣지 못하지. / 이 노래는, / 다만 마음속에서만 신음할 뿐, / 감히 누구에게도 노래를 들려주지 못하지. / 고향 사람들의 슬픔을 / 아무도 이해하지 못할까 봐 두려워.

전체 시문에서 느껴지는 마음속의 절규는 오직 고향 사람들의 슬픔이 절제된 언어로 입술을 깨물게 한다. 아무에게도 말할 수 없고 아무도 들어줄 수 없는 노래는 영원히 가슴속에 묻어 두어야 할 비밀스러운 노래일 수밖에 없다. 그 쓸쓸하고 허전한 모천회귀의 감정을 노래하게 한다. 고향을 떠나온 사람들은 이 시가 주는 떨림이 어떤 심정인지 발가락 끝에서 오는 전율을 느낄 수 있을 것이다.

리쿠이셴 시인은 〈비가〉에서 자신이 살아 있는 실존적 존재의 의미와 외로움을 담담한 필체로 수묵화를 일필휘지로 그려내듯이 묘사하고 있다. 그리고 〈사다리〉에서는 "나는 귀뚜라미와 놀며 / 낮은 곳에 갇히는 것이 더 좋아. / 낙엽과 함께 먼지가 되어 / 바닥에 존재하며" 있다고 밝히고 있다.

〈포도가 익어갈 때〉 시를 음미하여 보자.

햇빛은 / 포도를 농부의 피부와 똑같은 / 보라빛 구리색으로 다듬고, / 큰 땀의 결정체인 / 유익한 결과를 얻었지. / 유혹적인 식욕은 / 달콤한 주스의 농도. / 이미 토양에 존재하던 짠맛은 / 소리 없이 흔적도 없이 / 증발했지.

리쿠이셴 시인의 시는 초월적 힘을 시인의 가슴으로 빚어내고 위로와 치유의 메시지를 던져 '자연과 합일이 되는 순간'의 기쁨을 선물하고 있다.

〈비가〉와 〈포도가 익어갈 때〉 두 작품을 연관하여 감상해 보자. 토양에 존재하던 짠맛은 고향의 눈물이고 고향 사람들의 슬픔이고 우리 모두의 슬픔이다. 그러나 그것도 햇빛이 나자 소리도 없고 흔적도 없이 사라지고 말았다. 유혹적인 식욕도 농부의 피땀도, 그리고 바닥에 존재하는 모든 욕망도, 그리하여 궁극적인 슬픔은 대지와 영혼이 하나가 될 때 우리를 구원해 줄 수 있는 것이다.

大詩人李魁賢的〈悲歌〉帶你進入與大自然合一時機

金 南 權(作家和詩人)

很榮幸能夠讀到姜秉徹博士所翻譯台灣最具代表性詩人之一, 大詩人李魁賢的詩作。

抒情性極佳的語言色彩, 呈現精美詩意的圖案, 像蝴蝶飛進我的心裡。詩是語言的最高城堡, 閃亮新穎的觀察。語言的莊嚴城堡點燃神聖而美麗的火焰, 以藝術的最高境界觸動心靈。詩處於最神聖的地位, 超越一切藝術領域。所以, 我們稱呼終其一生寫詩, 思考詩, 度過詩人生活的人為「詩仙」。他迄今已出版漢語詩集28冊, 連同已翻譯成各種語言的詩集總共60冊。

此外, 他在2002年, 2004年和2006年, 三度獲得諾貝爾文學獎提名。因此, 單純得以邂逅大詩人李魁賢詩作的事實, 就可以算是直接接待到「詩仙」。

他的詩已被翻譯成多種外文, 在韓國, 日本, 加拿大, 紐西蘭, 荷蘭, 南斯拉夫, 美國, 西班牙, 巴西, 蒙古, 俄羅斯, 古巴, 智利, 波蘭, 尼加拉瓜, 孟加拉, 馬其頓, 塞爾維亞, 科索沃, 土耳其, 葡萄牙和馬來西亞等國出版, 也被介紹到義大利, 墨西哥, 哥倫比亞等地。

可以說, 世界著名大詩人李魁賢的詩, 展現出超越意象共鳴的終極境界:「有一首歌 / 只在心中呻吟 / 不唱給人聽 / 怕無人瞭解 / 故鄉土地的苦楚 / 心中這一首歌 / 只能唱給故鄉人聽 / 故鄉人已流落他鄉 / 沒有人聽 / 這一首歌 / 只在心中呻吟 / 不敢唱給人聽 / 怕無人體會 / 故鄉人民的悲情」。

〈悲歌〉全部詩行從頭到尾, 所感受到的內心吶喊, 只是故鄉人民的哀傷, 用抑制的語言咬著嘴唇表達出來。不能告訴任何人, 也沒有人會聽的歌, 注定是必須永遠埋藏在心裡的祕密歌曲。讓你唱出孤獨, 空虛和回歸大地母親的感覺。背井離鄉的人, 都能感受到這首詩帶給他們全身顫抖。

大詩人李魁賢在〈悲歌〉中, 像畫家一筆畫出水墨畫, 簡潔描述出我存在性的存在意義和孤獨。而在〈階梯〉詩中, 透露「寧願自囚階下層 / 與蟲豸(蟋蟀) 同遊 / 與落葉同塵 / 與基礎同在」。

讓我們認真欣賞〈葡萄成熟時〉這首偉大的詩篇:「陽光 / 把葡萄煉出紫銅色 / 和農民皮膚一樣 / 熬成纍纍的成果 / 大汗的結晶 / 誘人口慾的是 / 甜汁的密度 / 鹹味早已在原地土壤 / 蒸發 / 無聲無息」。

大詩人李魁賢的詩最終在詩人心中創造超然的力量, 傳遞安慰和療癒的信息, 呈現「與自然合一時機」的喜悅。讓我們來欣賞〈悲歌〉和〈葡萄成熟時〉這兩首詩的相互關係。泥土中存在的鹹味，是故鄉的淚水，是故鄉人民的悲傷，是我們所有人的悲傷。但陽光一出來，就消失得無聲無息。誘人的食慾，農夫的血汗，一切存在於大地的慾望，以及由此而來的終極悲傷，當大地與心靈合而為一時，才能拯救我們。

金南權，韓國作家，詩人。1961年出生於韓國京畿道加平郡。已出版14本書，包括10本詩集和4本兒童詩集，其詩集榮獲總統圖書館推薦。現任韓國詩文學文人會會長，文化藝術創意學院院長，《詩與象徵》季刊發行人，江原道兒童文學會副會長，《文化與人物》網路報紙編輯委員，《戀人》季刊和《離於島文學》雜誌主編。

Great Poet Lee Kuei-shien(李魁賢)'s 'Elegy' that leads you to the moment of unity with nature

By Poet Kim Nam-Kwon(金南權, authors and poet)

I feel very fortunate to be able to read the poems of the great poet Li Kui- shien, one of Taiwan's most representative poets, translated by Dr. Byeong-Cheol Kang.

The color of language with excellent lyricism took on the pattern of refined poetry and flew like a butterfly into my heart. Poetry is the highest castle of language that shines with new observations. The grandeur castle of the language ignites a sacred and beautiful flame that touches the soul at the highest level of art. Poetry is in the most sacred place, transcending all realms of art. Therefore, we call a person who has written poetry, thought about poetry and lived the life of a poet his entire life a 'grande poète(詩仙).' He has published 28 volumes of poetry in

Mandarin language, and a total of 60 volumes have been translated into various languages.

Additionally, he has been nominated three times for the Nobel Prize in Literature, in 2002, 2004, and 2006. Therefore, the mere fact of encountering Great Poet Lee Kuei-shien's poetry can be said to directly receive 'grande poète(詩仙).'

His poems have been translated into Korea, Japan, Canada, New Zealand, Netherlands, Yugoslavia, USA, Spain, Brazil, Mongolia, Russia, Cuba, Chile, Poland, Nicaragua, Bangladesh, Macedonia, Serbia, Kosovo, Turkie, Portugal and Malaysia, Italy, Mexico, Colombia, etc.

It can be said that the poetry of Great Poet Lee Kuei-shien, a world-renowned poet, shows the ultimate level beyond the resonance of imagery.

"有一首歌 / 只在心中呻吟 / 不唱給人聽 / 怕無人瞭解 / 故鄉土地的苦楚 / 心中這一首歌 / 只能唱給故鄉人聽 / 故鄉人已流落他鄉 / 沒有人聽 / 這一首歌 / 只在心中呻吟 / 不敢唱給人聽怕無人體會 / 故鄉人民的悲情"

The inner cry felt throughout the entire poem lines of 'Elegy' is only the sorrow of the hometown people, which is expressed in restrained language that makes one bite one's lips. A song that can't be told to anyone and no one can hear is bound to be a secret song that must be buried in one's heart forever. It makes you sing about the feeling of loneliness, emptiness, and returning to mother earth. People who have left their hometowns will be able to feel the tremors coming from the tips of their toes as this poem gives them.

In 'Elegy', Great poet Li Kui-shien describes the meaning and loneliness of my existential existence in a concise style, like a painter drawing an ink painting with one stroke. And in the poem 'The ladder', he revealed that "I prefer to be imprisoned myself at the lower level / to play with insects(crickets) / becoming dust with fallen leaves together / existing with the base."

Let's seriously appreciate this great poem,

'葡萄成熟時'
"陽光 / 把葡萄煉出紫銅色 / 和農民皮膚一樣 / 熬成纍纍的成果 / 大汗的結晶 / 誘人口慾的是 / 甜汁的密度 / 鹹味早已在原地土壤 / 蒸發 / 無聲無息"

Great poet Li Kui-shien's poetry ultimately creates transcendental power in the poet's heart and delivers a message of comfort and healing, presenting the joy of 'the moment of unity with nature.' Let's appreciate the two poems 'Elegy' and 'When the Grapes are Ripe' in relation to each other. The salty taste that existed in the soil is the tears of the hometown, the sadness of the hometown people, and the sadness of all of us. But as soon as the sunlight came out, it disappeared without a sound or a trace. The tempting appetite, the farmer's blood and sweat, and all the desires that exist on the ground, and thus the ultimate sorrow, can save us when the earth and the soul become one.

Kim Nam-Kwon is a Korean author and poet. He was born in Gapyeong, Gyeonggi-do of Korea in 1961. He is the president of the Korean Poetry Literary Association(韓國詩文學文人會), and CEO of The Culture Arts Creative Academy. Presidential Library recommend his poetry book. He published 14 books. 10 poetry books and 4 poetry books for children.

He is currently the president of the Korean Poetry Literary Association(韓國詩文學文人會), publisher of the quarterly P.S (詩 and 徵候), and Vice President of Gangwon Children's Literature Society(江原兒童文學會 副會長), Editorial Member of Online Newspaper Culture & People(文化&人),

He serves as an editor in chief for the quarterly magazine 'Lover(戀人)' and Ieodo Literature(離於島文學) magazine.

차
례

대만의 형상(台灣意象集)

차
례

차
례

차
례

야간 독서의 즐거움

아홉 시 넘어서 자곤 하는데
누워 있다가 다시 일어나지 않으면
얼마나 좋을까
매번 생각했다.
하지만 나는 항상 새벽 3시에
때로는 두 시,
더 이른 1시에 일어났다.
이것은 우울증의 징후일까?
자고 싶을 때, 잠들지 못할 때,
나는 죽고 싶지 않지만 죽음에 대해 생각한다.
나는 읽을 책을 찾기 위해 일어났고,
《손자병법》을 찾았다.
뜻밖에도 2시간 동안 읽었고,
죽음에 대한 생각은 없어지고,
그리고 누워서 다시 잠이 들었다.
꿈속에서 초나라와 한나라의 전쟁이 격렬하다.

夜讀樂

習慣九點多就睡

每次想

要是躺下去

就不再醒來多好呀

可是老是半夜三點多醒

有時二點多

甚至竟然提早一點多

這是精神衰弱的現象嗎

想睡卻不能睡

不想死偏偏會想到死

起床找書讀

找到孫子兵法

一讀竟然讀了二小時

躺下去又睡著了

把想死的念頭忘掉了

夢裡楚漢戰爭正酣

2007. 07. 03.

The Pleasure of Reading at Night

I used to go to bed passing nine o'clock,

thought every time

if I did not wake up again after lying down,

how nice it would be.

But I always woke up at three o'clock midnight,

sometimes at two o'clock,

even earlier at one o'clock.

Is this a sign of mental asthenia?

When I want to sleep, cannot fall asleep,

I do not want to die, but incline to think about death.

I got up to find a book for reading,

found "The Art of War",

I read it unexpectedly for two hours,

then lain down and fall asleep again,

forgetting about the idea of thinking to die.

In dream, the war between Chu and Han is swing fiercely.

공원을 산책하다

새벽 4시 이후
나는 공원에서 산책한다.
노점상은 일찍 일어나는 노인들을 좋아하지 않지만
녹색 자태의 매력적인 나무들은
줄지어 서서 환영을 한다.
새소리도 울려 퍼지고
푸른 풀은 대지를 덮는다.
이곳은 인생의 격렬한 전쟁이 끝난 후
부상한 군인들이 있는 병원 뒷마당과 같다.
새벽이 지나면
나이 든 사람의 얼굴 반점과 같은
파인 자국이 산책길에 드러난다.
석상 앞에 조용히 앉아
더 나아갈 필요 없이
집으로 돌아갈 정도의 휴식을 취한다.
가엾게도, 석조 조각상은 더 걸을 수 없다.

在公園散步

凌晨四點多
就到公園散步
連街屋也嫌老人早起
但盛裝的樹木列隊歡迎
綠色的姿勢有吸引力
鳥鳴的音樂盒也打開了
青草把地球表情掩飾
人生美好的戰爭已打過
這裡像是傷兵醫院的後院
天亮後再也掩飾不住
步道上的坑坑洞洞
和老人斑差不多
默默坐在石雕前面
休息不一定是要走更遠的路
只要有夠體力回到家
可憐的是石雕永遠走不動了

2007. 07. 04.

Take a Walk in the Park

Over four o'clock in the morning

I went to take a walk in the park,

even street houses disliked old people getting up early,

but the trees in dress lined up to welcome

their green poses were very attractive,

the music boxes of birdsong were also opened,

green grasses covered up the expression of good earth.

The wonderful war in lifelong has been over,

here looked like the backyard of wounded soldiers

hospital.

After dawn it was impossible

to cover up various potholes on the footpath

no less than age spots.

I sat silently in front of the stone sculpture,

taking rest no necessary to mean walking further road,

as long as having strong enough to go home.

Pityingly, the stone sculpture can walk no more.

각각의 자유

공원에서
새들은 다양한 음색으로 노래하며
길가 나무에 머문다.
한 마리가 날아오면
다른 한 마리가 다른 자세로 날아간다.
두 마리의 새가 동시에 날 때,
하나는 동쪽으로, 다른 하나는 서쪽으로
다른 방향을 선택한다.
한 쌍의 새가 같은 나무로 날아갈 때,
하나는 위쪽 가지에 앉고 다른 하나는 아래쪽에 앉으며
다른 높이에서 멈춘다.
자유롭기 때문에 외로운 것일까
외로워야 자유로워질까?

不同的自由

公園裡
鳥在隔著步道的樹上
唱著不同的曲調
一隻飛過來一隻飛過去
採取不同的姿勢
兩隻同飛時
一隻飛向東一隻飛向西
選擇不同的方向
兩隻飛向同樹時
一隻棲上枝一隻棲下枝
停在不同的高度
因為自由自在而顯得孤單呢
還是孤單才能自由自在

2007.07.04.

Different Freedoms

In the park

the birds stay on the trees spaced apart by the footpath

singing in different tones,

one flies coming while another going

with different postures.

When a couple of birds fly at same time,

one flies eastwards while another westwards

selecting different directions.

When a couple of birds fly to same tree,

one perches on upper branch while another on lower,

stoping at different heights.

Because freedom so that it appears alone

or because aloneness so that to keep freedom?

외로움

공원의 한 모퉁이
저 멀리 산은 단 하나
앞에 기념비는 하나뿐
왼쪽에는 한 그루의 나무
오른쪽에는 단 하나의 가로등
단 하나의 벤치 옆
벤치에는 노인 한 명만 앉아 있다.
풀밭에는 개 한 마리만
움직임 없이 늘어져 있다.
동쪽에서 오직 하나의 태양만이
새벽을 깨우기 시작한다.
하나뿐인 태양을 맞이하면서
침묵을 지키는 세상.

孤寂

在公園的一個角落

遠方只有一座山

前方只有一支碑

左方只有一棵樹

右方只有一柱路燈

旁邊只有一張長椅

上面只坐一位老人

草地上懶懶散散

只有一隻狗

東方只有一個太陽

初露晨曦

為了迎接唯一的太陽

世界寂靜無聲

2007. 07. 05.

Loneliness

At one corner of the park.

Only one mountain in the distance.

Only one monument in the front.

At left hand side only one tree.

At right hand side only one pillar street light.

Beside only one bench.

On the bench sitting only one old man.

On the grass only one dog

indolent and sluggish.

On the east side only one sun

starting to break dawn.

For welcoming the only one sun

the world keeping silent.

매미 울음소리

매미가 신나게 놀 차례가 되면,
알 수 없는 선율로 노래하던 새는
갑자기 사라지고,
뿌리 넓게 뻗은 나무 한 그루
갑자기 쓰러지고,
떠돌이 절름발이 개도
갑자기 없어지고,
매일 아침 공원에서 산책하는 노인도
갑자기 더는 나타나지 않는다.
더운 여름 계절에 매미 떼가
작별의 노래, 장송곡 혹은 진혼곡을 합창한다.

蟬鳴

輪到蟬熱烈上場時

一隻唱著怪聲怪調的鳥

突然消失了

一棵盤根廣延的樹

突然倒下了

一隻到處徘徊的跛腳狗

突然不見了

一位凌晨在公園散步的老人

突然不再出現了

在熱烈的夏季

群蟬合唱著驪歌

哀樂還是安魂曲

2007. 07. 11.

Chirping of Cicadas

The turn to the enthusiastic show for cicadas,

a bird in singing with queer tune

suddenly disappeared,

a tree with wide extensive rooting

suddenly fell down,

a wandering lame dog

was suddenly missing,

an old man walking every morning in the park

suddenly no longer appeared.

In the hot summer season

the cicadas sings in chorus after all

the song of farewell, funeral music or requiem?

존재

공원에서
예쁜 소녀가
조심스럽게 얼굴을 씻으면서
자신의 얼굴이 여전히 더럽다고 생각하고,
놀고 있던 미친 소년은
더러운 얼굴도 씻지 않으면서도
자신의 얼굴이 아직 깨끗하다고 생각하지.
나는 조용히 혼자 앉아 있다가
널리 사귄 친구들을 떠올리며
갑자기 깨달았지.
얼굴을 씻던 마지막 친구가 떠난 후,
오직 세상만 남았다는 것을.
하지만 난 세상이
내 것이 아니라는 걸 알았어.
나는 하늘과 땅 사이에 있는
광야에 서 있는
한 그루의 외로운 나무였지.

存在

公園裡

一位清秀的女孩

在仔細洗臉

她以為臉還是髒的

一位玩瘋的男孩

連污臉都不洗一下

他以為臉還是乾淨的

我獨自靜坐

回想廣交過的朋友

恍然在洗淨臉的

最後一位朋友離去後

只剩下世界

卻發現這個世界

不是我的

我成為野地上

孤孤單單的一棵樹

立於天地間

2007. 07. 25.

Existence

In the park

a cute comely girl

was washing her face carefully,

thought her face being still dirty,

a playing crazy boy

did not even wash his dirty face,

thought his face being still clean.

I sat alone quietly

recalling friends I have made widely,

suddenly understood that

after the last friend of clean face had left,

only the world was remained.

But I found the world

being not mine,

I became one lonely tree

on the wilderness,

standing between the heaven and the earth.

땅을 품다

깨닫는 방법을 모르면서
구호를 헛되이 외친다.
흐릿한 하늘의 공원에서
몇 쌍씩 이동하며 행진하는 무리가
보행로를 점령했다.
사람들 옆에서 멍하니 서 있다 피하던 그가
갑자기 무릎을 꿇으면서
앞으로 넘어졌고,
경건한 신자의 자세로
땅을 굳게 껴안았다.
이 동작은 70세에 우연히 배웠다.
정말 "행동보다 말이 쉽지"
이러한 열정적인 행동의 결과로
이가 부러지고,
무릎이 까지고,
안경 렌즈도 부숴졌다.

擁抱土地

空喊口號

不知如何實踐

在天色朦朧的公園裡

三三兩兩烏合之眾

竟也一路橫隊霸佔步道

為了閃避

在人群旁恍惚之間

猛然雙膝跪下去

向前撲倒

以信徒虔誠的姿勢

結結實實擁抱土地

行年七十偶然學會的動作

真是知易行難啊

熱烈的成果是

缺了一顆牙齒

磨破膝蓋

鏡片殘廢了

2007. 08. 09.

Embracing the Land

Shouting slogans in vain

ignorant of how to realize.

In the park of hazy sky,

mob in twos and threes

occupied the footpath by traverse marching.

In order to dodge,

between trance beside the crowd

he suddenly knelt down,

fell forward,

in a devout posture of believer

embracing the land firmly.

This movement was learned by accident at the age of

70.

It is really "easier said than done".

The result of this enthusiastic action was

missing a tooth,

wearing out the knees,

breaking the lens of spectacles.

진실로 돌아가기

애를 태우던 근심이 사라지니
영혼이 되어 텅 빈 몸만 남게 되지.
정말, 영혼이 되는 건 정말 자유로워,
걱정할 필요가 없는 것에 대해 더는 걱정하지 않고,
신경 쓸 필요가 없는 것에 대해 더는 신경 쓰지 않고,
몸을 비워 두어 육체의 짐도 없고,
평판을 허상으로 남기니 평판에 대한 두려움이 없어.
정말, 영혼이 되는 건 정말 자유로워,
세상과의 모든 관계에서 해방되어
어떤 사랑, 비난, 기쁨과 분노,
더는 조금씩 마음에 두지 않고,
이제부터 진실로 돌아가지.
돌아온 건 사실은
진짜 영혼.

歸真

去掉苦心之勞

成為空留形骸的鬼

真的　　鬼真的自由自在

不再憂煩不需憂煩的事

不再關心不需關心的事

空留形骸又不受形骸之累

空有名聲也無名聲之虞

真的　　鬼真的自由自在

解脫與俗世一切關聯

什麼愛嗔喜怒

不再點滴在心頭

從此返魂歸真

真歸

真鬼

2007. 08. 22.

Returning to True

Removing the labor of painstaking efforts

become a ghost, only remaining an empty body.

Really, being a ghost is really free,

no more worry about the thing that no need to worry,

no more care about the thing that no need to care,

leaving the body empty and not be burdened by the body,

leaving the reputation virtual and no fear of without reputation.

Really, being a ghost is really free,

liberated from all associations with the world

any love, blame, joy and anger,

no more in mind bit by bit,

from now on, returning true.

It is true returning

a real ghost.

염주 한 줄

타밀나두(Tamil Nadu) 남부의
뱅골만에 위치한 리조트,
한 인도 소녀가 손을 맞잡고
나에게 염주 한 줄을 준다.

나는 그것을 경건하게 목에 걸었다.
에메랄드 그린도 아니고
수정처럼 투명하지 않고,
상앗빛 같은 유백색도 아니고,

종이와 플라스틱의 순수한 백색은
내 인생의 여정처럼
우연히 기념품이 되었다.
품질에 대해 의심하지 않으면 영원히 최고인

서방정토가 낙원이 될 필요가 없다.
현실은 일출과 일몰을 따라서
실체의 영속성을 추구하지 않는다.
영원한 외로움은 마음의 영원한 현존.

一串念珠

在泰米爾納德邦南方
濱孟加拉灣一處度假村
印度女郎獻上一串念珠
合十敬謹而退

我敬謹領受環在項際
不是翡翠的青綠
不是水晶的透明
不是象牙的乳黃

只是紙漿塑膠的潔白
像自己一生走過的歷程
偶然的一件紀念物
質不質非常質

西方不一定是極樂世界
現實不求物的永在
隨著日升日落
無常的孤獨是心的永在   2007.09.23.

A String of Beads

In the south of Tamil Nadu,
a resort by the Bay of Bengal,
an Indian girl offered me a string of beads,
retreaded back respectfully with palms together.

I respected to accept it and hung around my neck.
It was neither a kind of emerald green,
not s transparent as a crystal,
nor a milk yellow like ivory,

just the pure whiteness of pulp and plastic
like the journey of all my life
a memento by chance.
No questioning about quality is exactly a permanent quality.

The West is not necessary a Elysium.
Reality does not seek permanence of substance
following the sunrise and the sunset.
The impermanent loneliness is the eternity of the soul.

중추절 송가

중추절 연휴가 길다.
아직 아무도 이유를 모르지.
이른 아침의 공원에서
매미가 울지 않고,
새가 노래하지 않고,
개도 뛰지 않는다.
진홍색 구름은 하늘 전체로 떠돌지 않지만
끊임없이 색을 바꾸고 있다.
달마저도 휴일이어서
밤에
나타나지 않고.
노인은
책상에서
시 구절을 낚시하고 있지만
아무것도 걸리지 않고 있다.

中秋賦

中秋節放長假

為什麼

沒有人知道

早晨的公園內

蟬不鳴

鳥不唱

狗不跑

滿天不動的絳雲

色彩變幻不停

到了晚上

連月亮也放假

沒有露臉

老人

在書桌前

釣詩句

什麼也沒上鉤

2007. 09. 24.

Ode to Mid-Autumn Festival

The Mid-Autumn Festival has long holiday.

Why nobody knows yet.

In the park of early morning

cicadas do not chirp,

birds do not sing,

dogs do not run.

The crimson clouds do not move all over the sky

change colors constantly.

At night

even the moon is on holiday too

without appearing.

An old man

at the desk

is fishing the verse,

nothing has been hooked.

마음에서 마음으로의 반응

다른 사람에게 열성적인 마음을 가지고 있지만
　　자기 국민에게 열성적이지 않아
　　그것은 우리의 마음을 걱정스럽게 한다.
남을 기쁘게 하는 마음이 있지만
　　자신의 백성을 행복하게 하려는 마음이 없어
　　그것은 우리의 마음을 불안하게 만든다.
남을 배려하는 마음을 가지고 있지만
　　자기 백성을 아끼는 마음이 없어
　　그것은 우리의 마음을 불안하게 만든다.
다른 사람들에게 인내하는 마음을 가지고 있지만
　　자기 백성에게는 참을성이 없어서
　　그것은 우리의 마음을 만족스럽지 않게 만든다.
남을 사랑하는 마음이 있지만
　　자기 백성을 사랑하는 마음이 없으면
　　그것은 우리의 마음을 싸늘하게 만든다.

心心相應

因為他對別人熱心

　　　　對自己人不熱心

　　　　才令人不放心

因為他對別人開心

　　　　對自己人不開心

　　　　才令人不輕心

因為他對別人關心

　　　　對自己人不關心

　　　　才令人不安心

因為他對別人耐心

　　　　對自己人不耐心

　　　　才令人不稱心

因為他對別人有愛心

　　　　對自己人無愛心

　　　　才令人寒心

2007. 10. 23.

Heart to Heart Response

Because he has enthusiastic heart to others

    but without enthusiastic heart to own people,

    it makes our hearts worrisome.

Because he has happy heart to others

    but without happy heart to own people,

    it makes our hearts uneasy.

Because he has caring heart to others

    but without caring heart to own people,

    it makes our hearts disturbed.

Because he has patient heart to others

    but without patient heart to own people,

    it makes our hearts unsatisfactory.

Because he has love heart to others

    but without love heart to own people,

    it makes our hearts chilly.

푸른 환상곡

황혼의 공원에서
누군가 갑자기
내 머리 위에 푸른 잎을 가리키며
파란색이라고 한다.

하늘이 반쯤 어두워졌으므로
나는 감히 그가 색맹이라고 말할 수 없었다.

공원을 많이 걸었지만
어쨌든 나는 집에 가야 한다.
나는 그 남자가 다시
푸른 공원, 푸른 도나우 강
흥얼거리는 걸 들었다.

그 남자가
푸른 세상에 살고 있다는 걸 깨달았지.
하늘은 완전히 어두워졌다.

갑자기 그 남자를 보니

이전의 친숙한 모습을 가진
내 친구 같았다.

藍色幻想曲

公園進入黃昏時
有人突然指著
我頭頂上的綠葉
說那是藍色的

我不敢說他色盲
天黑了一半

在公園即使多走幾圈
終究要回家吧
我又聽到那人在哼
藍色的公園
藍色的多惱河

原來那人活在
藍色的世界裡
天全黑了

我猛然看到那人

似乎是我的朋友

有以往朋友的身影

2007. 11. 13.

Blue Fantasia

In park, at dusk,
someone suddenly pointed
green leaves over my head
saying that it is blue!

I dared not say he was colorblind,
the sky has been half dark.

Even though walking more circles in the park
I must go home anyway.
I heard the man humming again
the blue park,
the blue Donau River.

It turned out that the man
lived in a blue world.
The sky has been wholly dark.

I suddenly saw that man

seemed my friend

having the familiar before figure.

아침의 노래

막바지 겨울 한파가 몰아쳐도,
이른 봄에 새들이 움직이는 소리,
바람에 나뭇잎이 흔들리는 소리,
나는 녹색 그늘 터널을 걸어서
드넓은 광장까지 간다.
흰 구름을 지나서 아침 햇살이 비치는 것을 보며
가만히 서서 호흡을 조절하며 동쪽으로 향한다.
나는 메시아의 노래를 들었고,
풀이 귀를 쫑긋 세우고
눈물 방울을 머금는다.
나의 에덴동산에서

晨歌

在反撲的殘冬寒流中
鳥被早春感動的聲音
樹葉被風感動的聲音
陪伴我穿過綠蔭隧道
走到空曠地
向東方立足調息
晨光透過白雲的音符
我聽到彌賽亞的歌聲
青草豎起耳朵
含著淚珠
在我的伊甸園裡

2007. 12. 25.

Morning Song

In the counterattack of the cold current at residue
winter,
the sounds of birds being moved by early spring,
the sounds of leaves being moved by the wind,
accompanied me walking through the green shade
tunnel
until the vast open space
standing still and regulating breathes eastwards
the notes from morning light passing through white
clouds.
I heard the Messiah's song,
the grasses pricked up the ears
with teardrops in eyes
in my garden of Eden.

비록

산책하면서도
나는 여전히 조심하면서 걷지!
비록 새벽이 밝지 않았지만
나는 여전히 감히 팔을 휘젓지 않지.
비록 공원에 아무도 없지만
나는 여전히 손뼉을 치며 소리를 내지는 않아.
비록 어둠 속이지만
그래도 지켜보는 사람이 있지.
아무도 없는 그 자리에 있어도
여전히 주목하는 사람이 있지.
자유의 공원에 있지만
비록 자유의 나라에 있지만.

雖然

雖然散步

還是規規矩矩走路

雖然天未亮

還是不張揚手臂

雖然無人跡

還是不擊掌出聲

雖然在幽暗中

還是有人看見

雖然在沒人的地方

還是有人注意

雖然在自由的公園裡

雖然在自由的國度

2008.01.07.

Although

Although taking a walk
I still step forward in the regular manner.
Although before the dawn
I still dare not to flutter my arms.
Although no one in the park
I still make no clapping my hands to sound.
Although in the darkness
there are still someone watching.
Although in the place no one present
there are still someone taking notice.
Although in the park of freedom,
although in the country of freedom.

즉흥

아무 상관이 없지
아침 바람이 동쪽으로 불든
　　　　　　서쪽으로 불든,
아무 상관이 없지
공원 조명이 언제 켜지든
　　　　　　언제 꺼지든,
아무 상관이 없지
아무리 도로가 파였든
　　　　　　얼마나 보수했든,
아무 상관이 없지
　　　　뒤에서 부는 바람이 낙엽을 떨구든
　　　　비를 흩뿌리든,
아무 상관이 없지
　　　　걷고 난 후에 발자국을 남기거나
　　　　시를 쓴 후에 인상을 남기거나,
시는 재산이 불거나 줄듯이
아무렇지 않게 오르내린다.

即興

不管早晨的冷風吹向東方
　　　　　　　　吹向西方
不管公園路燈何時亮起
　　　　　　何時熄滅
不管阻路的工程挖掘幾分
　　　　　　填土幾分
不管背後的風言是落葉
　　　　　　　還是雨絲
不管走過的有沒有留下足跡
　　　　寫過的有沒有留下印象
詩起詩落　　隨性
時起時落　　隨興

2008. 01. 25.

Improvisation

No matter whether the morning wind blows eastward
        or blows westward,
no matter when the park lights turn on
        or when to turn off,
no matter how much the road engineering has been
excavated
        or how much to fill has been done,
no matter the wind sounds at back are fallen leaves
        or slim rains
no matter there are whether or not left footprints after
walking
        or left impression after writing,
the poetry rises and falls, as casual,
the fortune goes up and down, by chance.

시는 병을 싫어한다

예전에는 배부르게 먹었는데도
여전히 더 먹고 싶었지.
지금은 아무것도 먹지 않았지만
이미 배부른 느낌이야.

전에는 시를 읽고, 읽고 또 읽어도,
여전히 읽고 싶었지.
지금, 나는 아무것도 읽지 않지만
지겨워졌어.

결국, 그것은
거식증이 시가 질병을 싫어하게 만든 것이든지
또는 반대로
시를 싫어하는 질병이 거식증에 영향을 미치는 거겠지!

어떤 시들은
이미 맛이 없고,
맛없는 시는
차라리 맛을 보지 않는 것이 좋아.

厭詩症

從前吃飽了
還想吃
現在還沒吃
卻飽了

以前讀了又讀
還想讀
現在還沒讀
卻厭了

到底是
厭食症引起厭詩症
還是
厭詩症影響厭食症

詩
已經食不知味
無味的詩
不食也罷

2008. 02. 10.

Poetry Dislike Sickness

I used to have eaten full,
still want to eat.
Now, I have eaten nothing,
but feel already full.

Before, I read poetry, read and read,
still want to read.
Now, I have read nothing
but get disgust.

After all, is it
anorexia causes poetry dislike sickness
or on the contrary
poetry dislike sickness affects Anorexia.

Some poems
are already tasteless,
for the tasteless poems,
it had better not to taste.

회선곡

소용돌이 바람이 밝은 노란색 바람을 일으키고
산들바람이 노란 장미를 피우고
장미는 밝은 노란색 일몰을 비추고
일몰은 밝은 노란색으로 모래사장을 태우고
해변은 밝은 노란색 해안으로 뻗어 나가고
해안에 부서지는 밝은 노란 파도
파도가 밝은 노란 낙엽을 쓸어버리고
밝은 노란 장미에서 시든 잎이 떨어지고
장미는 밝은 노란 바람에 흔들리네.

迴旋曲

鵝黃色的微風

微風吹拂鵝黃色的玫瑰

玫瑰映照鵝黃色的夕陽

夕陽燃燒鵝黃色的沙灘

沙灘延伸鵝黃色的海岸

海岸衝擊鵝黃色的波浪

波浪捲走鵝黃色的枯葉

枯葉落自鵝黃色的玫瑰

玫瑰迴旋鵝黃色的微風

2008. 02. 17.

Rondo

Swirl initiates the goose-yellow breeze.

Breeze blows the goose yellow roses.

Roses reflect the goose yellow sunset.

Sunset burns the goose yellow sand beach.

Beach stretches the goose-yellow coast.

Coast meets impact from the goose yellow waves.

Waves sweep away the goose-yellow dead leaves.

Dead leaves fall from the goose-yellow roses.

Roses swirl in the goose-yellow breeze.

예술가의 세계

예술가는 자신에게 이상적인 색을 뿌리며
새로운 세상을 창조한다.
현실에 나타난 꿈의 세계처럼
산, 물, 바위, 폭포가 있고,
꿈의 세계에는 현실처럼
날렵한 흰색, 흙빛 노란색, 파란색 톤과
녹색이 있다.
마치 꿈속의 현실세계처럼
예술가는 삶이라는 팔레트로
자신의 색조를 전시한다.
변함없는 영원한 아름다움은
시인의 덧없는 현실에서
영적 공생의 꿈나라가 된다.

藝術家的世界

藝術家創造一個新的世界

揮灑自己理想的色彩

有山有水有磊石有瀑布

像是現實中的夢境

有飛白有土黃有藍調有綠意

恰是夢境中的現實

藝術家用人生的調色盤

給自己佈局和調色

永遠不變的美

在詩人無常的現實裡

成為心靈共生的夢土

2008. 02. 26.

97

The World of Artist

The artist creates a new world

splashing oneself ideal color,

there are mountains, water, rocks and waterfalls

like the dream world in reality,

there are fly white, earthy yellow, blue tone and green

as if the reality in dream world.

The artist uses palette of life

to layout and tone for oneself.

The eternal beauty without change

becomes the dreamland of spiritual symbiosis

in the poet's impermanent reality.

소가 된 신

신의 운율은
한순간에 일어나지만,
그 기세는 마치 사원에만 있는 것이 아니다.
다른 사람을 지배함으로써 자기 쾌락을 만드는 것이다.
진정한 신은
열심히 일하는 소의 형상으로 나타난다.
홀로 머리를 들고 하늘을 향해 노래하지 않고,
대지에 가까울수록 더 겸손해지고,
향기로운 풀을 맛보기 위해 몸을 숙일 뿐이다.

곱사등이 되어 가도
절대 후회하지 않는다.
자유에 대한 자기 쾌락
신성.

牛之為神

神氣

韻生於指顧間

勢不儼然在廟堂上

凌人自誤

真神化為牛的形象

勤於耕耘

不昂首孤高鳴空

只顧俯身品味芳草

愈親近土地愈卑屈

甚至佝僂姿影

終不悔

自娛自在

神性

2008. 02. 27.

The Cow as a God

The god air rhyme

happens in a moment,

the momentum is not as if in the temple

but to make self pleasure by domineering others.

The true god incarnates into the image of a cow

to work hard

without holds alone head high to sing toward the sky,

only cares leaning over to taste the fragrant grass,

the closer to the land, the more humble it is,

even becoming a hunchback figure

never regret,

self pleasure at liberty

the divinity.

바다를 바라보는 심정

다가오는 저 배가 범선인지
유람선인지 확실하지 않아.
날아가는 것이 갈매기인지
철새인지 확실하지 않아.
떠내려가는 게 흰 구름인지
파도가 뒤집히는 모습인지 모르겠어.
흔드는 손이 이별의 의미인지
환영하는 건지 모르겠어.
하늘의 끝이 어제와 가까운지
아니면 내일과 가까운 건지 확신할 수 없어.
내 마음을 작은 파라솔로
혹은 가을색 노란색 의상으로 가릴 수 있을지 모르겠어.

看海的心事

不知道進港的是帆船

　　　　還是郵輪

不知道飛來的是海鷗

　　　　還是候鳥

不知道飄過的是白雲

　　　　還是波浪的倒影

不知道揮手的是告別

　　　　還是迎接

不知道天涯連接的是昨天

　　　　還是明日

不知道掩護心事的是一支小陽傘

　　　　還是秋風的黃衣裳

　　　　　　　　　　2008. 02. 27.

The Mood Overlooking the Sea

Not sure the inbounding one is a sailboat

or a cruise liner.

Not sure the flying over one is a sea gull

or a migratory bird.

Not sure the drifting away is a white cloud

or an inverted image on wave.

Not sure the waving hand is for farewell

or for welcoming.

Not sure the sky's end is adjacent to yesterday

or to tomorrow.

Not sure the mood is covered by a small parasol

or an autumn style yellow costume.

할리퀸의 경력

인생은 화려한 옷의 콜라주
과장되게 화장하고
이 세상의 부조리를 과장한다.
먼 풍경은 과거의 일이고,
가까이서 보니 여전히 분주하고,
빛과 그림자, 강도와 크기의
너무나 분명한 경계가 있다.
어디로 향하지?
계획하지 않았던 곳에
금방 들르고,
결국
모든 존재에게 기쁨을 가져다주고,
순수하고 진정한 사람을 끌어들여 따르게 한 게
가장 소중한 추억이다.

丑角生涯

人生是斑斕拼貼的服裝

用誇張的臉譜表現

這個世界誇張的荒謬

遠景已成為過去

近觀仍然栖皇碌碌

光影　　強弱　　大小

分明是那麼明分界限

驅馳往何處去

只是順途

不在規劃格局內

畢竟

我為眾生帶來的喜樂

是吸引純真人子追逐

最有價值的回顧

2008. 02. 28.

The Career of Harlequin

The life is a colorful collage of clothing
using exaggerated facial makeup to express
the exaggerated absurdity of this world.
The far scenery is a thing of the past,
the closer view is still busy,
light and shadow, intensity and size
have clearly so clear boundaries.
Whereto by drive?
It is just drop by,
not in the planning schedule,
after all
I bring joy to all beings,
attracting pure authentic human to chase follow
is the most valuable memory.

숨겨진 애정

수줍은 메시지
숨겨진 면을 몰래 전하며,
세상에 알리고 싶지 않다고
또한, 말하네.
어둠 속에 숨겨진 원시림
그리고 원시림 속에 숨겨진 난초들
아름다움 중의 최고의 아름다움이지.
마음속에 숨겨둔 애정,
애정 속에 숨겨진 슬픔,
후회하지 않는 깊은 사랑이지.

隱藏的情意

覥腆的訊息
傳達不欲人知的一面
說是不欲面對世界
也可以
隱藏在幽暗中的原森林
隱藏在原森林中的幽蘭
美中至美
隱藏在內心裡的情意
隱藏在情意中的酸楚
深沉無悔的愛

2008. 02. 28.

The Hidden Affection

The bashful news

transmits a side unknown publicly,

it also may be said

unwilling to face the world.

The primeval forests hidden in darkness

and the orchids hidden in primeval forests

are the utmost beauty of beauties.

The affection hidden within the heart,

the sorrow hidden within the affection,

are the deep unrepentant love.

피 흘리는 도시

네온 불빛이 피를 흘리고,
도시도 피를 흘리고 있고,
호화롭고 눈부신 화려함이
마지막 숨을 몰아쉬고 있네.
온 땅에 핏빛 붉은색이 비쳐서
혼란스러운 문명을 반영하네.
인간의 세계는 피로 붉게 물들고,
푸른 잎은 생명력으로 푸르게 되지.
세상에 푸른 폐를 선사할 수 있기를,
램프에 녹색 피를 수혈하여
도시에 녹색 피를 수혈해야지.

城市在流血

霓紅燈在流血

城市在流血

豪華炫眼的燦爛

正在耗竭最後的氣息

滿地的血腥

反映撩亂的文明

紅塵因血而紅

綠葉因生機而綠

為世界裝上綠肺吧

為燈輸綠血

為城市輸綠血

2008. 02. 29.

The City is Bleeding

Neon lights are bleeding,

the city is bleeding,

the luxurious dazzling splendor

is exhausting its last breath.

The bloody red all over the ground

reflects the disturbed civilization.

The world of mortals becomes red with blood,

the green leaves are green because of vitality.

May give the world green lungs,

transfuse green blood for the lamp

and transfuse green blood for the city.

가상과 현실

동화 세계 속
환상의 호수 장면에서는
인어공주가 주인공이고,
조개가 주인공이고,
꽃목걸이도 주인공이지.

현실 사회 속
엘리트 클럽에서는
아름다운 여인이 액세서리이고,
다이아몬드가 장식품이고,
고급 차도 액세서리이지.

虛實

在童話世界裡
美人魚是主角
螺貝是主角
花串是主角
場景在夢幻湖

在現實社會裡
美女是配件
鑽石是配件
名車是配件
場景在俱樂部

2008. 02. 29.

Virtual and Real

In the world of fairy tale,
mermaid is the leading character,
shellfish is the leading character,
flower necklace is also the leading character,
in the scene of fantasy lake.

In the real society,
beautiful lady is the accessary,
diamond is the accessary,
luxury car is also the accessary,
in the scene of elite club.

저녁노을

노을빛이
마치 전쟁의 타오르는 불길을 전하는 메시지처럼 놀랍다.
그 메시지는 지난 과거의 재앙인가,
아니면 앞으로 닥칠 불행인지,
아니면 수천 마일 떨어진 외국인들이
전쟁의 참화로 인해 겪을 괴로움인지,
아니면 재난 피해자들이 끊임없는 고통에 시달린다는 것
인지?
새들은 긴급 소식을 전하고,
배들은 긴급 구조를 위해 출항하고 있다.
아쉬운 아름다운 풍경이
곧 어둠 속에 갇히게 되겠지.

晚霞

晚霞令人心驚

彷彿是戰火燃燒的訊息

那是往年的災情

還是未來的不幸

或是千里萬里以外

異國人民正遭受戰事的蹂躪

還是災民陷於無情的煎熬

有鳥傳來瞬時快報

有船急往救難

美景令人心酸

眼見就快要淪入黑暗

2008. 03. 01.

Sunset Glow

The sunset glow is astonishing

as if a message of burning flames of war.

Is the message a disaster of past years,

or a misfortune in future,

or the foreign people over thousand miles

being distressed by ravage of the war,

or the disaster victims being suffered from relentless

torment?

The birds dispatch the instant express news,

the ships are bounding for urgent rescue.

The beautiful scenery is so grieved

that soon be trapped into darkness.

치명적인 아름다움

아름다움은 치명적인 초점이고,
창작의 절정은
시의 궁극의 완성.
하얀 눈이 산 능선을 감싸고,
신록의 잎이 나무 꼭대기에서 흔들리고,
최고의 삶은 청년기에 남는다.
추억 속의 달콤함과 상큼함은
지나간 시간에 새겨져
조각된 흔적을 드러낸다.
더 치명적인 현실은
역사는 되돌릴 수 없고,
오직 예술만이 진실을 지킬 수 있다는 것.
그래도 아름다움은 아름답고
좋은 것은 더 좋다.

致命的美

美是致命的焦點

創作的高峰

詩的極致

窒息的雪白在絕嶺

款擺的新綠在林梢

得意的人生在青春

記憶中的鮮美

被時間雕琢

顯露鑿痕

更致命的是

歷史不能修補

唯有藝術存其真

美則美矣

善則善哉

2008. 03. 02.

Fatal Beauty

The beauty is a fatal focus,

a peak of creation

an extreme perfection of poetry.

The snow white is suffocated at the mountain ridge,

the new green leaves are waving on the treetops,

the best life is remained at the youth age.

Sweet and freshness in the memory

have been carved by passing time

revealing the chiseled traces.

More fatal reality is that

the history cannot be restored,

only arts are able to maintain the truth,

yet the beauty is beautiful

and the good is really good.

연꽃밭 발라드

사랑에 대한 열정이
무성한 연꽃으로 변하고,
서로에 대한 동정과 연민을 기대하며
비밀을 지키는 연근이
연못마다 얽혀 있다.
이제 녹색 잎이 하나로 연결되었다.
연꽃 봉오리가 태양의 놀림을 견디고,
활짝 피었지만,
하늘을 향해 피어나지 않는다.
누가 감히 손을 뻗겠는가?
우아한 외모에 부응하며 살 수 있게 한다고
나는 그에게 약속하고 싶다.

荷田謠

情念

化成田田荷花

池池牽扯的蓮藕

奧祕不露

期待相憐相惜

於今綠葉連成一片

荷苞正盛

忍受陽光挑逗

不對天空綻放

有誰勇敢伸手

但願相許

不枉一身亭亭華麗

2008. 03. 02.

124

Lotus Field Ballad

The passion for love

turns into lush lotus,

the lotus roots intertwined in every pond

keep secret without exposed

looking forward to sympathy and pity to each other.

Now the green leaves have connected into one piece.

The lotus buds are in full blossom

enduring the sun teasing,

not blooming toward the sky.

Who is brave enough to reach out hands?

I wish to promise him

for living up to a graceful appearance.

바다의 노래

바다가 땅의 내부 분위기를 물어봤어.
가파른 바위가 반응했지.
파도는 때로 급히 밀려오기도 하지만,
때로는 빨리 밀려가고,
항상 굽이진 해안을 품고,
고요한 땅과 맞서면서
사방에 튀며
신나는 사랑 노래를 부르지.
땅은 마음속에 감정을 축적하다가
일단 화산이 폭발하면,
최고의 타오르는 열기를 표현하지!

海的情歌

海一直在探問

陸地的心事

由巉岩出面回應

波浪有時急進

有時勇退

總是擁抱曲折的腰段

對沉默的陸地

唱著激動的情歌

唾沫四濺

陸地正在蓄積情思

準備來一次火山爆發

最火熱的表示

2008. 03. 02.

Love Song from the Sea

The sea has been asking about
the inner mood of the land,
got response by precipitous rocks.
The waves sometimes rush advance,
sometimes retreat quickly,
always embrace the curved coast,
in confrontation with the silent land
sing an exciting love song
spattering all around.
The land accumulates the feelings in mind
to prepare once volcanic eruption,
a presentation of utmost flaming heat.

벚꽃축제

축제 전
꽃이 피는 소식이 먼저 도착하고,
온통 주홍빛
바람에 실려 가는 봄의 감성을 불붙이며,
우울한 인간 세상에
더 다채로운 풍경을 볼 수 있게 하지.
주홍빛 체리의 진정한 색채를 위해,
친구들이 많이 왔으면 좋겠다.
소문의 잡소리가 아닌,
생생한 경향을 좇아.

櫻花祭

在季節之前
花信提早報到
一片緋紅
燃起春意隨風飄蕩
給陰陰沉沉的人間
多一點顏色看
但願蜂擁而來的知音
是為了緋櫻的本色
不是緋聞的傳言
趕熱鬧的風潮

2008. 03. 03.

Cherry Blossom Festival

Before the festival

the news of blossom is early arrived,

the scarlet all over

ignites the spring sense drifted with the wind,

giving the gloomy human world

more colorful scenery to see.

I hope that the confidantes come in flock

for the true color of scarlet cherry,

not for the gossip of rumor,

chasing the lively trend.

소원을 빌어 봐

오, 하느님이시여,
인간 세상의 이런 혼란 속에서
왜 당신은 강한 힘을 억압하지 않고
약한 사람을 보호하지도 않으십니까?
당신은 사람들의 희생을 받아들이고,
금과 은을 뇌물로 받으며
이렇게 숭고한 성전에 살고 계시군요.
액톤에 있는 향기로운 가마에 옮겨지지만,
아직도 게으르게 사회 현실을 보러 돌아다니지 않는군요.
당신은 성전 안에 앉아서 할 일이 없습니다.
골다공증을 앓고 계신 건가요,
아니면 너무 늙어서 움직일 수 없나요?
평소처럼 사람들을 억제하기 위해
필요한 임무를 수행하는 데
누군가가 도움을 주기를 바랍니다.
세상이 실제로 어떻게 되는지를 관찰할 수 있게
당신이 화신(化身)하여 돌아다닐 수 있게 해주세요.

許願

神明啊
人間如此紛紛擾擾
祢既不制止強權者
也不保佑弱者嗎
祢居住如此高堂華宇
人人爭相供奉牲禮
用金銀賄賂
祢即使出入有神轎護擁
也懶得到各地巡視
祢困坐在廟殿內
是缺少骨質
還是老到不想動
但願有人幫祢坐鎮
照樣威懾百姓
好讓祢變身到處去看看
這世界成什麼樣

2008. 03. 03.

Make a Wish

Oh, God,

in such chaos of human world,

why you neither suppress the strong power

nor protect the weak persons?

You live in such sublime temple

to accept the sacrifices dedicated from people,

bribed with gold and silver.

Though you are carried by ambrosial palanquin in

acton,

still lazy to go around to see the social reality.

You sit inside the temple nothing to do,

are you suffered from osteoporosis

or too old to move?

Wish someone to help you attending necessary duty

to exert a deterrence on people as usual,

let you incarnate for going around

to observe what the world really becomes.

산장

오두막은 산간에 숨어 살고,
대지에 홀로 우뚝 선 언덕처럼,
풍경이 될 생각도 없이
하늘과 대화를 나누는
홀로 선 나무 같네.
눈은 바람이 오가는 것을 신경 쓰지 않고,
바람이 말하고 반응하는 것에도 귀를 기울이지 않네.
편안하게 명상을 하며
남들에게 그저 빨간 지붕을 보여 주네.

山間小屋

小屋避居山間

孤寂像獨立的山

挺立在大地

心事像獨立的樹

與天空對話

無意成為風景

眼中不見風來風往

耳中不聞風言風語

隨遇禪定

紅頂給自己看

2008. 03. 04.

Mountain Hut

A hut removes to reside in the mountain,
alone like an independent hill
erecting upright on the good earth,
its mood is like an independent tree
in dialogue with the sky,
without intention to become the landscape.
Its eyes see nothing the wind coming and going,
ears listen nothing the wind saying and responding.
It meditates at ease
and show red roof for self to see.

숲속의 아침 풍경

울창한 정글 속에서,
햇살이 아침 노래를 부르고,
길을 따라 산책을 하고,
거대한 나무의 나이테를 세는 것을 좋아하고,
연륜 없이 양치류를 관찰한다.
일찍 지저귀는 새들은
떨어진 음표를 집어들며 파충류를 바라본다.
몰래 응축된 이슬이
밝히고 싶지 않은
어젯밤의 애틋한 사랑을
기억해 낸다.

林中晨景

密林裡

陽光唱著晨歌

在幽徑裡散步

喜歡數巨木的年輪

看沒有年輪的蕨類

唯早起的鳥鳴

觀爬蟲在撿掉落的音符

暗結的露珠

回味

夜裡的纏綿故事

不願曝光

2008. 03. 04.

Morning Scenery in the Forest

In the dense jungle,

the sunshine sings the morning song,

takes a walk along the paths,

fond of counting the rings of giant trees,

watching the ferns without annual ring.

Only the early chirping birds look at

the reptiles in picking up the fallen musical notes.

The secretly condensed dews

recollect

the affectionate love affair last night

unwilling to disclose.

연꽃 송가

빨간색이 아니라
오히려 아래 잎은 모두 짙은 녹색이지.
햇살은 나에게만 관심을 기울이지 않고
모든 것에 퍼지네.
내가 이렇게 독특하게
대중의 시선을 끌 수 있는 건,
아마도 타고난 유전자 때문이겠지,
아마도 특별한 미학의 시각적 인식 때문이겠지,
아마도 시인들에게 물어볼 필요가 있을 거야.
왜 고독을 유지하며
연꽃만을 흠모하는지를?

詠荷

不是我獨紅

而是扶葉一片慘綠

陽光普及萬物

沒有對我孤注

為何突出

吸引眾人矚目

或許是基因本然

或許是美感獨特眼光

或許也要問詩人

為何孤單

為荷傾慕

2008. 03. 05.

Chant to Lotus

Not because I red alone

rather the underneath leaves are all dark-green.

The sunshine is spread over everything

without only paying attention to me.

Why I am so unique

to attract the eyes of mass,

perhaps due to natural gene,

perhaps because special aesthetic visual perception,

perhaps necessary to enquire the poets:

why keeping solitude

adoring the lotus solely?

등대 독백

드넓은 바다에서
어떤 방향으로 이끌어 주는
너를 비추는 한 점의 불빛이 되고 싶어.
아마도 너는 모든 곳을 여행하러 떠나겠지,
더 멀리, 더 멀리,
혹은 해안선에 정박하기로 할 수도 있겠지,
구불구불한 해안에 기대어
이 아름다운 섬에서 함께 지내며.
낮에는 단순한 풍경일지도 모르지만
밤에는 확실히 찬란한 불빛이 번쩍이지,
새벽까지
해안의 역사를 조명하며.
네가 머무를 때, 우리는 이 섬에서 너와 함께해.
네가 떠나면, 우리는 영원히 헤어질 거야.

燈塔自白

茫茫海上

我願給妳一點光

指點一個方向

或許妳從此遠遊四方

漸去漸遠

或許妳決心靠岸

廝守美麗的海島

偎倚曲折的海岸

白天單純是一個景點

夜裡絕對會放射光芒

照耀海岸歷史

直到天亮

妳留下　　共存海角

妳離去　　各是天涯

2008. 03. 05.

Monologue by Lighthouse

On the vast sea

I wish to emit a spot of light for you

leading a certain direction.

Perhaps you will depart for touring everywhere,

further go and further away,

or you may decide to moor on the shore,

staying together in this beautiful island,

leaning on the meandering coast.

In daytime, although just a scenic spot,

at night, it definitely emits the brilliant rays

illuminating the history of seacoast

until dawn.

When you stay, we will keep together on this island.

When you leave, we will be separated forever.

주명곡

노란 장미가

　　협죽도(夾竹桃)의 퍼져 나가는 노란색 꽃이 될 수 있
　　을까요?

협죽도(夾竹桃)의 노란 꽃이

　　하늘에서 주의를 산만하게 하는 노란 나비가 될 수
　　있을까요?

노랑나비가

　　감성적인 노란 리본이 될 수 있을까요?

노란 리본이

　　바람에 날리는 노란 포스터가 될 수 있을까요?

노란색 포스터가

　　재난을 퍼뜨리는 노란 지옥 돈이 될 수 있을까요?

노란 지옥 돈이

　　상사병의 초췌한 노란 잎이 아닐까요?

노란 잎들은

　　소녀 이미지의 노란색 옷이 아닐까요?

노란 옷들은

　　불쌍한 노란 장미가 아닐까요?

奏鳴曲

黃玫瑰
　　　　會是蔓延的軟枝黃蟬嗎
黃蟬
　　　　會是漫天失魂的黃蝴蝶嗎
黃蝴蝶
　　　　會是令人低迴的黃絲帶嗎
黃絲帶
　　　　會是隨風墜落的黃招貼嗎
黃招貼
　　　　會是消災四散的黃冥紙嗎
黃冥紙
　　　　會是相思憔悴的黃葉嗎
黃葉
　　　　會是少女影像的黃衣裳嗎
黃衣裳
　　　　會是惹人憐惜的黃玫瑰嗎

2008. 03. 06.

148

Sonata

The yellow rose

could be the sprawling yellow flower of allamanda?

The yellow flower of allamanda

could be the yellow butterfly driven to distraction in

sky?

The yellow butterfly

could be the sentimental yellow ribbon?

The yellow ribbon

could be a yellow poster falling with the wind?

The yellow poster

could be the yellow hell money that disperses

disasters?

The yellow hell money

could be the haggard yellow leaves of lovesickness?

The yellow leaves

could be the yellow clothes on the girl image?

The yellow clothes

could be the pitiful yellow rose?

정글의 강

물고기들이 나무 꼭대기에서
원숭이만큼 경박하게
갑자기 동쪽으로, 갑자기 서쪽으로,
장난치며 헤엄친다.
새들은 물뱀처럼 교활하게
갑자기 올라갔다, 갑자기 내려갔다,
강 아래로 날아간다.
정글 꼭대기 위로 강이 흘러
은하수가 되어 가고,
숲은 강에서 숨을 쉬며
물빛이 되어 간다.
나무와 강이 서로 상관하지 않고
함께 존재한다.

密林河道

魚游嬉樹上

忽東忽西

不亞於獼猴的輕佻

鳥飛翔河裡

忽浮忽潛

宛如水蛇的刁鑽

河流過密林上方

成為天河

樹林在河中呼吸

成為水蔭

樹與河渾然同在

一起不分彼此

2008. 03. 06.

The River in Jungle

The fishes swim playfully on the top of trees,

suddenly eastward, suddenly westward,

as frivolous as the macaque.

The birds fly under the river,

suddenly up, suddenly down,

tricky like the water snake.

The river flows over the top of jungle

becoming the milky way.

The woods breathe in the river

becoming the water shades.

The trees and the river exist together

regardless of each other.

계곡의 천둥

계곡에서는
땅의 목소리
누구에게도 들리지 않고,
오직 내면에서 메아리치네.
공허함이
현실이 되고,
환상이
실체적인 존재가 되고,
공이
색이 되고,
영묘함이
힘이 되고,
아무도 듣지 않으므로
천둥소리가 되네.

谷中雷聲

山谷裡

鄉土的聲音

無人聽見

留在內部迴盪

由於空無

而實有

由於空幻

而實存

由於空虛

而實在

由於空靈

而實力

由於無人聽

而化成一陣雷霆

2008. 03. 07.

Thunder in the Valley

In the valley

the voices of country land

are heard by none,

only staying at inner heart resounding.

Because emptiness

it becomes real,

because fantasy

it becomes substantial being,

because nothingness

it becomes existence,

because ethereal

it becomes strength,

because no one listens

it becomes a burst of thunder.

남은 겨울

겨울에 들어서면
나무들은 그리움 때문에
가지에서 나뭇잎을 떼어 내
대지에 편지를 쓰고,
멀리 떠나는 봄에 전하며
다시 포옹하기 위해 돌아오라고 부른다.
소식이 희미해지면
마음은 조바심난다.
가지를 보호하기 위한 나뭇잎이 거의 남지 않았고,
이렇게 암울한 상황에서
추운 겨울을 어떻게 보낼지
그리움을 어떻게 견딜지
나무는 생각하기 시작한다.

殘冬

入冬起

禁不住思念

撕下身上的樹葉

給大地寫信

轉告遠行的春天

回來溫存

消息愈渺茫

寄望愈急切

剩下沒有幾葉可護身

開始忖度

這般蕭瑟

如何度過寒冬

熬過相思

2008. 03. 07.

Residual Winter

When entering into the winter,
the trees could not help but missing,
tearing off leaves from the branches
writing letters to the earth,
conveying to the far leaving spring,
calling it coming back to embrace.
The less the information,
the more anxious the desire.
Few leaves are left to protect the branches,
the trees start to think about
in such bleak condition
how to survive from the cold winter,
to endure over the love sickness.

운명에 시달리는 도로

숲과 황야를 지나
여기저기
봄소식을 찾아본다.
사방으로 방향을 더듬으며
가로수와 노는 햇빛을 만나고,
나무줄기를 땅에 비추어
두꺼운 선으로 사건을 일으키고,
도로 피사체를 가두기 위해
죄수 옷을 입고 고통을 겪게 한다.
봄을 따라잡으려는데,
길은 움직일 수도 뒤집을 수 없어,
거의 숨을 쉴 수 없다.

路劫

一路找尋

春天的消息

穿過山林和野外

到處摸索方向

偶遇陽光和路樹狎戲

把樹幹投影

以粗線條橫生事件

困住路身體

害路穿上囚衣

眼見快要趕上春

路卻不能動彈

幾乎無法喘氣

2008. 03. 07.

The Road Suffered from Doom

To search all the way
the news of spring,
passing through the woods and wilders,
to grope the direction everywhere,
encountering sunshine playing with road trees,
to project the trunk on ground
making incidents with thick lines thereon
to trap the road subject
let the road suffered to put on prison clothes.
In seeing about to catch up the spring,
the road but cannot move and turn over,
almost unable to gasp.

여름 나무

여름이 왔네,
나무들이 위장복처럼 바뀌고,
유황빛의 노란색을 선택하여,
뜨거운 봄 냄새를 내며
타오르기 시작하네.
황홀한 공기를 태워 버리고,
애정을
자제할 수 없어
여름 오후의 더위를 태워 버리네.
차가운 산이
보고 있어도
서로를 포옹하네.

夏樹

到了夏天

樹換上迷彩裝

選用硫黃色

有溫泉的風味

開始燃燒

燃燒出恍惚的空氣

燃燒出夏日的熱

情

不自禁

彼此擁抱給

冷冷的山

看

2008. 03. 08.

Summer Tree

Summer has come,

the trees change to put on camouflage outfits,

selecting sulfur yellow color,

smelt like hot springs

to start burning.

It burns out a trance air,

it burns out a summer hot

affection

unable to refrain,

giving each other to embrace

let the cold mountain

to look.

스토리 하우스

붉은 벽돌집은
붉어진 얼굴에
걷지 못하는
류머티즘을 앓고 있는 노인이다.
낮에는 햇빛이 비쳐서
그 집을 돌보고 따뜻하게 해 준다.
노인은 문을 열지 않고
이 스토리 하우스처럼
마음을 숨긴다.
황혼이 오면
노숙자 노인을 뒤로 남겨두고
햇빛이 스러진다.

故事館

紅磚房屋

是風溼症的老人

面色紅潤

走不動

陽光白天來照顧

給予溫暖

老人隱藏心事

像故事館

不開門

到了晚上

陽光要回家

老人無處歸宿

2008. 03. 08.

Story House

The red brick house is an old man

suffering from rheumatism,

with a ruddy face

but unable to walk.

The sunshine comes at daytime

to take care and give him warm.

The old man hides his minds

like this story house,

without opening the door.

Until dusk,

sunshine will go home

leaving behind the old man homeless.

전설

언덕이 있고,
양 떼가 있고,
봄이 지나고 1년이 지나면
목자가 있고,
주의 깊게 관찰하면
한 마리의 양이 풀에 대한 식욕을 잃고,
험준한 산길을 지나
만년설의 설산을 향하네.
양산(羊山)이라 부르는
그 거룩한 미래의 집으로.

傳說

有一個山坡

有一群綿羊

有一年春後

有一位牧羊人

仔細觀察

一隻失去草慾的羊

走過崎嶇的山路

邁向不融的雪山

那聖潔的未來故鄉

稱為綿羊山

2008. 03. 09.

A Legend

There is a hillside,

there is a flock of sheep,

there is one year, after spring,

there is a shepherd,

to observe carefully

a sheep loses appetite of grass,

steps through the rugged mountain road

towards the never melting snow mountain,

that holy future home

is called sheep mountain.

초췌한 밤

언제 올지 알 수 없는 새벽을 기다리며
밤이 점점 초췌해지네.
물속에서는 대화가 없지.
배는 외로운 그림자로 남아 있어.
호숫가 버드나무는
머리를 풀어헤친 떠도는 영혼과 같아.
7월 중순의 하늘의 별빛은
표류하고 흔들리고,
외로운 집을 들여다보네.
사람보다 더 초췌해진 채
밤이 계속해서 기다리네.

憔悴的夜

夜愈來愈憔悴

等待黎明不知何時相見

水裡沒有唼喋聲

小舟剩下孤影

湖邊柳像披頭散髮的遊魂

七月半的天燈

晃晃蕩蕩

偷窺孤單的房屋

夜繼續等

比人還憔悴

2008. 03. 09.

The Haggard Night

The night is getting haggard

Waiting for the dawn unknown when to meet.

There is no chatter in the water.

The boat is remaining a lonely shadow.

Willows by the lake are like wandering spirits

with disheveled hairs.

The sky lanterns at mid July

drifting and vibrating,

peep at lonely houses.

The night continues to wait,

more haggard than people.

어린 시절의 고향

내 고향의 들판은
행복한 어린 시절을 보낸
동화의 세계였지.
후에 나는 외국 땅으로 갔지만,
동화의 세계는 먼 꿈속에서
남아 있었지.

내 고향의 풍경은
우화 같아.
친숙한 동식물들이
어린 시절로 돌아가 함께하자고
먼 곳의 여행자를 부르네.

童年的故鄉

故鄉的田野
是一則童話
陪伴過快樂的童年
後來遠走異鄉
童話遺留在
遙遠的夢中

故鄉的風光
是一則寓言
親切的動植物
都在呼喚
呼喚遠行的旅人
回到童年相會

2008. 03. 10.

The Hometown of Childhood

The field in my hometown
is one fairy tale
accompanied by my happy childhood
Later I went away to foreign land,
the fairy tale is remained
in a distant dream.

The scenery in my hometown
is a fable.
The familiar fauna and flora
are all in calling,
calling to distant travelers
back to childhood to meet together.

햇빛이 비치는 눈 내린 땅

해는 여행자로서
모든 곳에서 멋진 풍경을 모으지.
그리고 여러 곳에서 멋진 꽃들을
다양한 형태의 콜라주로 만들지.

해는 꿈꾸면서
신기한 과학소설을 쓰고
무의식적인 기억으로
환상적인 시를 쓰지.

건망증에 걸린 해는
겨울이 오면,
눈밭에 모든 짐을 내려 두고
대지에 추상화를 그릴 수 있어.

陽光雪地

陽光這位旅行家
到處收集燦爛風景
各地艷麗的花卉
拼貼成各種人體彩繪

陽光這位夢想家
虛擬奇異的科幻故事
杜撰妄想的詩篇
輸入自動記憶的載體

陽光這位健忘者
到了寒冬時
才把行囊傾倒雪地上
渲染一幅大地的抽象畫

2008. 03. 10.

Sunny Snow Land

The sun this traveler

collects the splendid scenery everywhere

and the gorgeous flowers from various places

to make collage into various body paintings.

The sun this dreamer

compiles the strange science fiction stories

and fabricates the fantastic poems

inputting into the carrier of automatic memory.

The sun this forgetful master,

when winter is coming,

starts to dump its luggage on the snow land

rendering one abstract painting of the good earth.

하늘을 열어라

하늘을 열어서,
새들이 날게 하라.
동면이 끝나고 있다.
물 위에 복숭아꽃의 메시지가 현상된다.
삶의 변화 과정에서
몸부림치는 올챙이처럼
흔들리는 모습도 있다.
햇빛과 시가
황무지를
함께 돌보게 하자.
그럼 우리
하늘을 열자!

打開天空

打開天空吧

放鳥飛

冬眠行將結束

水面映現

桃花的訊息

一些人影在晃動

彷彿蝌蚪掙扎

生命蛻變的歷程

讓陽光和詩

一同照顧

荒蕪的大地

那就

打開天空吧

2008. 03. 11.

Open the Sky

Open the sky,

let the birds fly.

Hibernation is coming to an end.

On water it reflects to appear

the message of peach blossom.

Some figures are shaking

like the tadpoles struggling

in the transformation process of life.

Let sunshine and poetry

take care together

the waste land,

then let us

open the sky!

시상

피곤할 때
집에 가고 싶고,
피곤할 때
여행을 나가고 싶다.
틀에 박힌 삶에서 벗어나
일상처럼 놀라움을 만나고,
여행 속에서 시를 생각하며
상상력을 풀어 준다.
가끔은 밖에 시를 두고
기억을 되찾고,
가끔은 기억을 밖에 두고
시를 다시 가져오면서.

詩思

人倦了

才想回家

或是人倦了

才想出門旅行

脫離模型的生活

隨遇驚奇

釋放想像力

在旅程醞釀詩思

有時把詩忘在外面

把記憶帶回來

有時把記憶留在外面

把詩帶回來

2008. 03. 11.

Poetry Thinking

When getting tired

would like going home,

or when getting tired

would like going out to travel.

Depart from molded life

to encounter surprise as casual,

releases imagination

to brew poetry thinking in travel,

Sometimes forget poetry left at outside

bringing back the memory,

sometimes leave the memory outside

bringing back the poetry.

신비한 낡은 집

그 집은 창문을 꼭 닫은 채
동반자도 없이 외롭게
숲속 외딴곳에 있지.
조금 나른한 기분으로
매미의 사랑 노래를 떠올리며,
은퇴한 상태 같아.
수많은 이야기로 발효된
빈티지 포도주가 숨겨져 있는
오래된 질그릇처럼
너무 신비로워서 취하게 될 것 같아.
남들 눈에는
그저 폐허로 보이겠지만.

神祕的舊宅

房屋隱身到林間

緊閉窗戶

忍受無人的寂寞

在退休狀態

回味夏蟬高亢的情歌

有些慵懶的情緒

像一口舊陶甕

內藏許多醱酵故事的

陳年美酒

醺然欲醉的神祕

別人卻視為是

一座廢墟

2008. 03. 12.

Mysterious Old House

The house is secluded among the forests
with the windows closed tightly
keeping lonesome of no companion.
It is in a retired state
recalling the high- keyed love song by cicadas,
in a little bit lazy mood,
like an old earthenware pot
inside hiding the vintage wine
fermented with a lot of stories,
so mysterious going to be tipsy.
In the sight of others
it is considered as a ruin.

시는 영원히

나라가 망해도,
영토는 존재하지.
가문이 멸망해도,
섬나라는 존재하네.
사람들이 사라져도,
집은 존재하지.
열정이 끊어져도,
사랑하는 사람은 존재하네.
시가 그쳐도,
느낌은 존재하지.
호수가 환상이어도,
시는 영원히 존재하네.

詩長在

國破

山河在

家亡

島國在

人失

家屋在

情斷

伊人在

詩絕

情思在

湖幻

詩長在

2008. 03. 13.

The Poetry Forever Exists

The country was broken,

the territory exists.

The family was destroyed,

the island country exists.

The people disappeared,

the house exists.

The passionate was cut off,

the beloved exists.

The poetry has ceased,

the feeling exists.

The lake was fancied,

the poetry forever exists.

머뭇거림

캠프 파이어 모임에서 비명이 몇 번이나 들렸는지.
바람과 빗속의 행진에서 외침이 몇 번이나 있었는지.
철조망 앞에서 질주를 몇 번이나 했는지.
군중 속에 누워 있는 슬픔은 몇 번이나 있었는지.
얼굴에 피가 묻은 렌즈의 충격은 몇 번이나 있었는지.
무력하게 수갑에 채워진 경우가 몇 번이나 되는지.
부당하게 경찰차에 탄 적이 얼마나 있었는지.
쫓겨난 뒤에는 몇 번이나 망설였는가.
무심코 집 앞까지 걸어갔더니
마치 하나의 로맨스처럼,
추억을 기다리며
어린 시절의 꿈속에 조용히 머물게 되네.
집의 의미를
머뭇거리며 생각하네.

徬徨

多少次營火會的尖叫

多少次風雨中遊行的呼喊

多少次鐵絲拒馬前的衝刺

多少次倒臥群眾裡的悲痛

多少次血流滿面鏡頭的震撼

多少次手銬扣住的無助

多少次押上警車的委屈

多少次驅離四散的徬徨

無心走到家門前

羅曼史一般

靜靜留在少年夢中

等待回憶

躊躇著思索

家的意義

2008. 03. 14.

Hesitation

How many times the scream in the campfire meeting.

How many times the cry of procession in the wind and rain.

How many times the sprints before the barbed wire.

How many times the grief of lying in the crowd.

How many times the shock of the lens with blood on face.

How many times the helpless by handcuffed.

How many times the injustice of putting on a police car.

How many times the hesitation after driven away.

I inadvertently walked to the front of my house,

as if one romance,

quietly staying in the dream of my childhood,

waiting for memories,

hesitated in thinking about

the meaning of home.

고향의 노래

고향의 꽃은 누구의 얼굴인가?
고향의 나무는 누구의 허리인가?
고향의 언덕은 누구의 가슴인가?
고향의 밭은 누구의 몸인가?
고향의 시냇물은 누구의 속삭임인가?
고향의 바람은 누구의 보조개인까?
고향의 대나무숲은 누구의 헝클어진 머릿결인가?
고향의 잡초는 누구의 음부인가?
고향의 수련은 누구의 연애인가?
고향의 추수는 누구의 제사 의식인가?
고향에 내리는 가을비는 누구의 눈물인가?
고향에 떨어진 낙엽은 누구의 초췌함인가?
고향의 문제는 누구의 과거인가?
고향 사람들을 기다리는 사람은 누구인가?

故鄉之歌

故鄉的花是誰的臉
故鄉的樹是誰的腰
故鄉的山丘是誰的乳房
故鄉的田園是誰的身體
故鄉的流水是誰的呢喃
故鄉的春風是誰的笑靨
故鄉的竹叢是誰的亂髮
故鄉的雜草是誰的私密
故鄉的耕耘是誰的愛情
故鄉的收成是誰的祭禮
故鄉的秋雨是誰的眼淚
故鄉的落葉是誰的憔悴
故鄉的事是誰的過去
故鄉的人是誰的等待

2008.03.14.

The Song of Hometown

Whose face is the flower in hometown?

Whose waist is the tree in hometown?

Whose breast is the hill in hometown?

Whose body is the field in hometown?

Whose whisper is the stream in hometown?

Whose dimple is the breeze in hometown?

Whose messy hairs is the bamboo clumps in hometown?

Whose private part is the weed in hometown?

Whose love affair is the cultivation in hometown?

Whose sacrificial ceremony is the harvest in hometown?

Whose tears are the autumn rains in hometown?

Whose haggard is the fallen leave in hometown?

Whose past is the matter of hometown?

Who is waiting for the people of hometown?

비가

오직 마음속으로만 울부짖는
노래가 하나 있네.
누구에게도 들리지 않을 노래야.
고향 땅에서 일어난 고통을
아무도 이해하지 못할까봐 두려워.
마음속에 있는 노래는
오직 고향 사람들만을 위해 부르는 노래라네.
그들은 외국 땅으로 추방되었고,
아무도 듣지 못하지.
이 노래는,
다만 마음속에서만 신음할 뿐,
감히 누구에게도 노래를 들려주지 못하지.
고향 사람들의 슬픔을
아무도 이해하지 못할까 봐 두려워.

悲歌

有一首歌

只在心中呻吟

不唱給人聽

怕無人瞭解

故鄉土地的苦楚

心中這一首歌

只能唱給故鄉人聽

故鄉人已流落他鄉

沒有人聽

這一首歌

只在心中呻吟

不敢唱給人聽

怕無人體會

故鄉人民的悲情

2008. 03. 15.

Elegy

There is one song

only groaning within the heart.

It would not be sung for anybody to hear

because afraid of nobody understanding

the sufferings that happened in land of hometown.

This song in the heart

is only sung for the hometown people.

They have exiled to foreign land,

nobody hear

this song,

merely be groaned within the heart,

not daring to sing for anybody to hear,

afraid of nobody understanding

the sadness of the hometown people.

사다리

사다리를 따라 올라가면,
풍경은 분명히 밝아지고,
신선한 즐거움이 있으며,
멀고 넓게 보이는 전망이 있지.
나는 귀뚜라미와 놀며
낮은 곳에 갇히는 것이 더 좋아.
낙엽과 함께 먼지가 되어
바닥에 존재하며,
외로운 세상에서
외로움과 함께 지내지.

階梯

循階而上
風光必然明媚
風流必然清爽
風景必然遠大
寧願自囚階下層
與蟲豸同遊
與落葉同塵
與基礎同在
與寂寞同處
孤獨世界

2008. 03. 16.

The ladder

Step up along the ladder,

the scenery must inevitably be bright,

the merriness must inevitably be fresh,

the vision must inevitably be distant and vast.

I prefer to be imprisoned myself at the lower level

to play with insects,

becoming dust with fallen leaves together,

existing with the base,

staying with loneliness

in the lonely world.

포도가 익어갈 때에

햇빛은
포도를 농부의 피부와 똑같은
보랏빛 구리색으로 다듬고,
큰 땀의 결정체인
유익한 결과를 얻었지.
유혹적인 식욕은
달콤한 주스의 농도.
이미 토양에 존재하던 짠맛은
소리 없이 흔적도 없이
증발했지.

葡萄成熟時

陽光

把葡萄煉出紫銅色

和農民皮膚一樣

熬成纍纍的成果

大汗的結晶

誘人口慾的是

甜汁的密度

鹹味早已在原地土壤

蒸發

無聲無息

2008. 03. 16.

When the Grapes are Ripe

The sunlight

refines the grapes into a violet copper color

the same as peasant skin,

boiled into fruitful results,

the crystals of big sweats.

The tempting appetite is

density of sweet juice,

the salty taste is already in the soil in situ

evaporated

silently and traceless.

수탉은 울지 않는다

한 발로 서 있는 자세에서
너는 소리를 내지 않는다.
닭무리를 보면서
아직도 소리를 내지 않는다.
마치 학처럼 독특한 상태에서
더는 소리를 내지 않는다.
우아한 모습의 스타일로
너는 항상 소리를 내지 않는다.
마침내 살육의 운명을 마주하면
너는 소리를 낼 시간이 없다.

公雞不鳴

有單足獨立的架勢
卻不發出聲音
有睥睨群雛的神氣
仍然不發出聲音
有傲然如鶴的卓越
仍舊不發出聲音
有風采飽滿的身段
還是不發出聲音
最終面臨宰殺的命運
來不及發出聲音

2008. 03. 17.

The Cock Doesn't Crow

In a stance of standing on one foot,

you do not make a sound.

In a spirit of looking down the mass chickens,

you still do not make a sound.

In an extraordinary state as if a crane,

you further do not make a sound.

In a style of elegant figure,

you always do not make a sound.

In confronting the destiny of slaughter at last,

you have no time to make a sound.

돌아오는 방향

나는 바다에서 돌아왔다.
날치 수확을 되찾고
이슬비의 경험을 되살리며
불타는 태양의 추적을 되찾고
구름의 변화를 되살리며.
나는 다시 땅으로 돌아왔다.
해소되지 않은 문제들은
모두 추억 속에 갇혀 있다.
바다로 돌아가는 것이
나의 진정한 삶의 현장이라는 것을
나는 돌아보며 깨달았다.

歸趨

從海上歸來
帶回飛魚的收獲
帶回霏雨的經歷
帶回烈陽的追逐
帶回雲彩的變幻
回到陸地
全部擱淺在回憶裡
消化不良的挑戰
瞿然回首醒悟
歸趨海洋
才是真正的生存場域

2008. 03. 17.

Returning Toward

I return from the sea,

bring back the harvest of flying fish,

bring back the experience of drizzle,

bring back the hot sun chasing,

bring back the clouds change.

I come back to land,

all thing are stranded in my memory,

as the challenge of indigestion.

I look back to realize

that returning toward the ocean

is my real living field.

나의 대만, 나의 희망

아침 새소리에 당신의 목소리가 들립니다.
나는 정오의 햇살 속에서 당신의 열정을 느낍니다.
나는 노을빛 속에서 당신의 우아한 태도를 봅니다.
아, 대만, 내 고향, 내 사랑.

해안에는 곡선이 있습니다.
파도가 당신의 격정을 가지고 있습니다.
구름에는 당신의 가벼움이 있습니다.
꽃에는 당신의 자세가 있습니다.
잎에는 항상 있는 신선함이 있습니다.
숲에는 당신의 용감함이 있습니다.
기초에는 견고함이 있습니다.
산에는 당신의 숭고함이 있습니다.
시냇물에는 구불구불한 흐름이 있습니다.
바위에는 당신의 강인함이 있습니다.
도로에는 견고함이 있습니다.
오, 대만, 나의 땅, 나의 꿈.

당신의 폐에는 내 숨결이 있습니다.

당신의 역사 속에 나의 삶이 있습니다.
당신의 존재 안에 나의 의식이 있습니다.
아, 대만, 나의 조국, 나의 희망.

我的台灣 我的希望

從早晨的鳥鳴聽到你的聲音
從中午的陽光感到你的熱情
從黃昏的彩霞看到你的丰采
台灣　我的家鄉 我的愛

海岸有你的曲折

波浪有你的澎湃

雲朵有你的飄逸

花卉有你的姿影

樹葉有你的常青

林木有你的魁梧

根基有你的磐固

山脈有你的聳立

溪流有你的蜿蜒

岩石有你的磊落

道路有你的崎嶇

台灣　我的土地 我的夢

你的心肺有我的呼吸

你的歷史有我的生命

你的存在有我的意識

台灣 我的國家 我的希望

2008. 03. 20.

My Taiwan, My Hope

I hear your voice in the morning birdsong.
I feel your passion in the noon sunshine.
I see your elegant demeanor in the sunset glow.
Oh, Taiwan, my hometown, my love.

The coasts have your curve.
The waves have your surge.
The clouds have your lightness.
The flowers have your posture.
The leaves have your evergreen.
The woods have your burliness.
The foundations have your sturdiness.
The mountains have your loftiness.
The streams have your meandering.
The rocks have your stoutness.
The roads have your ruggedness.
 Oh, Taiwan, my land, my dream.

In your lung there is my breath.

In your history there is my life.

In your being there is my consciousness.

Oh, Taiwan, my country, my hope.

벤치

벤치가 땅에 고정되어 있지.

빨간 머리 사람이 한동안 앉았다 갔어.

검은 머리 사람이 한동안 앉았다 갔어.

하얀 머리 사람이 한동안 앉았다 갔어.

머리 깎은 사람이 한동안 앉았다 갔어.

특징 없는 머리를 한 사람이 한동안 앉았다 갔어.

누군가 벤치에서 말다툼하고 있어.

누군가 벤치에서 생각하고 있어.

누군가 벤치에서 자고 있어.

누군가 벤치에서 뛰어오르고 있어.

누군가 벤치에서 달리고 있어.

벤치는 일관되게 침묵을 지키고 있어.

長椅

長椅固定在土地上
紅髮坐一坐走了
黑髮坐一坐走了
白髮坐一坐走了
薙髮坐一坐走了
無髮坐一坐走了
有人在長椅上吵
有人在長椅上想
有人在長椅上睡
有人在長椅上跳
有人在長椅上跑
長椅始終都沒話說

2008. 04. 25.

The Bench

The bench was fixed on the ground.

One red hair person sat a while and went away.

One black hair person sat a while and went away.

One gray hair person sat a while and went away.

One shaved hair person sat a while and went away.

One null hair person sat a while and went away.

Someone is brawling on the bench.

Someone is thinking on the bench.

Someone is sleeping on the bench.

Someone is jumping on the bench.

Someone is running on the bench.

The bench keeps silent consistently.

노인은 외롭다

노인은 야망이 작아지는 동안
세상은 점점 커지고 있어
외롭다.
그가 어렸을 때,
그의 세계는 아주 작았고
그의 야망은 무한정 컸지.
꽃과 식물은 늘 외로워서
노인은 꽃과 식물과 어울릴 수 있고,
나뭇잎은 모두에게 녹색이고
꽃은 아름다움을 바치기에
약간의 흙만 있으면 되지.
꽃과 식물은
노인의 기분을 이해하고,
노인은
꽃과 식물의 느낌을 이해하지.

老人孤獨

老人孤獨

因為他的世界愈大

他的心愈小

相較於年輕時

世界很小

心卻無限大

人老才能與花草相處

花草守著孤獨

把葉綠花美

呈獻給人人

只要求一點點土地

花草懂得

老人的心情

老人瞭解

花草的心意

2008. 05. 18.

The old man is lonesome

The old man is lonesome

because his world getting bigger

while his ambition getting smaller.

When he was young,

his world was very small

while his ambition was indefinite big.

The old man can get along with flowers and plants,

since the flowers and plants keep lonesome,

dedicate leaves green and blossoms beauty

to everyone,

only a little soil is required.

The flowers and plants understand

the mood of the old man,

the old man understands

the feelings of the flowers and plants.

리쿠이셴 대시인의
정적(靜的) 이미지와 초월적 사유 세계
- 제16시집《台灣意象集(대만의 형상)》을 중심으로

변 의 수

(시계간 『상징학연구소』 발행편집인·시인)

얼굴의 눈은 두 개이지만 마음의 눈은 하나이다. 사물은 두 개의 눈으로 온전히 볼 수 있다. 하지만 사물의 이면은 마음의 눈으로만 볼 수 있다. 마음의 눈은 빛을 통해 사물을 보지 않는다. 사물을 보는 얼굴의 눈은 하나의 사물을 알기 위해 현상학적 응시를 한다. 과학은 사물을 분석하고 지배한다. 그와 달리 시인은 육안으로는 보이지 않는 세계를 드러낸다. 물리학적 빛은 사물의 변화하는 현상을 드러내지만, 마음의 빛은 사물의 보이지 않는 세계를 비춰낸다.

리쿠이셴 시인은 현상 너머의 세계를 관조한다. 사물 너머 세계의 본질을 지향하는 현상학적 이념 그것은 시인의 눈으로 가능하다. 현상학의 궁극적이고도 본질적인 노에시스(noesis)는 시인이 사용하는 은유이다. 그것은 과학적 관찰과 수학적 방법론을 넘어 시적 사고의 힘으로 이루어진다.

두 개의 눈을 통해 들어온 빛은 시인의 마음에서 유비적 사고의 굴절을 거쳐 사물과 세계의 본질을 투시한다. 그런 시인은 사물 너머의 세계를 바라보고 자연과 하나가 되게 한다. 시인의 역할이자 소명이다.

리쿠이셴은 빛의 세계 너머 영혼의 마을을 보여준다. "붉은 벽돌집"은 "류머티즘을 앓고 있는 노인"이다. 걸을 수 없는 노인을 "낮에는 햇빛이" "따뜻하게 한다". 그러나 집은 "노인"처럼 "문을 열지 않"는다. "황혼이 오면 / 햇빛이 스러"지고 "노인"은 홀로 남겨진다(〈스토리 하우스〉). 영혼의 눈으로 사물을 보는 시인은 언어를 '빛'으로 사용한다.

시인은 보는 자이면서 보게 하는 자이다. 보이지 않는 현재의 세계 너머, 영원한 움직임과 세계를 드러내어 비춰준다. 햇빛은 노인을 돌보지만 노인은 문을 열지 않는다. 이윽고 햇빛은 자취를 감추고 노인은 홀로 남겨진다. 노인과 문을 잠근 집, 그리고 햇빛의 동일화(identification)와 역설의 이미지들이 〈스토리 하우스〉에 드러나 있다. 사물을 바라보는 시인의 눈은 과연 어디를 향하고 있는 것일까? 섬찟하도록 놀라운 신의 섭리를 리쿠이셴 시인은 보여주고 있다.

시인은 보는 자이며 또한 드러내는 자이다. 시인의 눈, 시인의 언어에 의해 보이지 않는 것이 보이게 되고, 들리지 않는 것이 들린다. "계곡"이 아무도 모르게 내는 "소리"는 "누구에게도 들리지 않"지만 "내면"에서 "천둥소리"로 울린다(〈계곡의 천둥〉). 유와 무는 동일한 하나이다. 시인은 알고 있다. "공허함이 / 현실이 되고, / 환상"이나 "환영"이 실재이다. "공"이 "색이 되"기 때문이라고 리쿠이셴 시인은 덧붙이고 있다.(같은 시).

　　고대로부터 현대에 이르기까지 인간은 하나로서의 세계에 관한 기호학적 사유를 구축해왔다. 유사 이래 선각자들이 통찰한 바와 같이 세계는 분리되어 있지 않은 하나이다. 물론, 하나의 세계는 물적 동일성을 초월한 영적 동일성을 의미한다. 시예술은 그곳으로 소환된다. 리쿠이셴의 이미지 작업 또한 그러하다. 그의 특징적인 정적인 이미지는 초월적 시공간을 투시한다.
　　시 〈저녁노을〉은 그의 시적 이미지가 〈스토리 하우스〉와 같은 존재론적 관점에서 나아가 세계사적 인류애를 담고 있다. 붉은 "노을"에서 시인은 "전쟁"의 "타오르는 불길"의 메시지를 전해 받는가 하면, "지난 과거의 재앙"과 미래에 "닥칠" 인류의 "불행"을 읽어낸다. 그런 시인은 붉게 물든 "노을빛"에 놀란다. "새들은 긴급 소식을 전하고, / 배들은 긴급 구조를 위해 출항"한다. 그리고, 아쉽게도 "아름다운 풍경"은 "곧 어둠에" 갇힐 거라며 노을의 아름다움과 세계의 우울을 동시성적으로 은유한다.
　　〈저녁노을〉에서 보듯 리쿠이셴 시인의 이미지는 정적이다. 하지만 그런 만큼 강력한 의미의 에너지를 품고 있다. 조용하지만 흔들림이 없다. 문자의 캔버스에 그려진 작은 이미지엔 우주적 확장성을 지닌 원형적 깨달음이 내재한다.

소품이지만 결코 가볍지 않다. 오히려 그런 만큼 무겁다. 「산장」을 보자. "홀로 우뚝 선 언덕처럼" "산간"의 "오두막"은 "하늘과의 대화에서" "풍경이 될 생각도 없이" 스스로 완전한 존재자로 존재하고 있음을 시인은 보여주고 있다. "바람"의 "말"과 "반응"에도 "귀 기울이지 않"고 "명상을 하며" "오두막"은 "그저 빨간 지붕을 보여"줄 뿐이다.

시인이 "산장"의 "오두막"이요 "바람"이며 "명상"하는 "빨간 지붕"이다. 시인이 자연이요 우주 그 자체이다. 한 폭 소품의 사물화가 자연이요 우주 그 자체가 되었다. 〈산장〉에서 우리는 시인마저 "바람"이요 자연이 된 '무욕'의 기교를 보게 된다. 시인의 깨달음의 정도를 가늠하게 한다.

그런 시인의 이미지는 오브제 외의 세계를 지워낸다. 철저하다 할 정도로 리쿠이셴의 이미지는 자신마저 지워버린 듯 외롭게 자리하고 있다. 그런 만큼 시인은 깨달음의 한 극점에 이르렀다고 하겠다. "산은 단 하나" "한 그루의 나무"만 있다. "벤치에는 노인 한 명만 앉아 있다" "오직 하나의 태양만이" "하나뿐인 태양을 맞이하면서" "세상"은 "침묵을 지키"고 있다〈외로움〉.

자연이 되어버린 시인은 움직이지 않는다. 자연과 우주는 변화하며 움직여 흘러간다. 하지만 변하지 않는 것이 있다. 시인은 자연의 항구적 섭리의 중심에 자리하고 있다. 흐르는 시간의 중심에서 어떤 움직임도 없이 자아와 자연을 관조하고 있다. 그리고 세계의 이미지를 그려낸다.

그는 사상가나 철학자가 되려는 게 아니다. 단지 자신의 작업에 충실할 뿐이다. 그런 시인은 자신이 자연이 되어 있다. 그래서 리쿠이셴의 시의 이미지는 초월적 불변의 세계를 지닌다. 정적인 이미지를 통해 시인 리쿠이셴은 영원회귀하는 절대의 사유 세계를 보여주고 있다. 리쿠이셴의 시세계는 한 마디로 그렇게 정의할 수 있다.

〈인용 시편〉
리쿠이셴 시인의 제16시집 《台灣意象集(대만의 형상)》 중 〈故事館〉, 〈계곡의 천둥〉, 〈저녁노을〉, 〈산장〉, 〈외로움〉

論大詩人李魁賢的靜態意象與超驗的思想世界
—針對第16本詩集《台灣意象集》

卞義洙(象徵主義研究學會主編)

　　人的臉上有兩隻眼睛, 但心眼只有一個。兩眼可以完全看清物象。但事物的另一面, 只有透過心眼才能得見。心眼看事物, 不是透過光。眼睛看物象, 是進行現象學專注, 以理解物象。科學分析, 掌握事物。相對地, 詩人揭露肉眼看不見的世界。物理光可以顯示物象變化的現象, 但精神光則照亮無形的物象世界。

　　詩人李魁賢思考超越現象的世界。透過詩人之眼, 才可能發生現象學意識形態, 旨在超越事物的世界本質。現象學終極, 本質的認知, 是詩人所使用的隱喻。那是透過超越科學觀察和數學方法論的詩意思惟力量來實現。從兩眼射入的光線, 經過詩人腦海中類比思惟的折射, 透露事物和世界的本質。這樣的詩人超越事物來看世界, 與自然合而為一。這是詩人的任務和使命

　　詩人李魁賢展示超越光明世界的心靈村落。"紅磚房屋 / 是患風濕症的老人", "陽光 白天"帶"溫暖"給"走

不動"的老人。但房屋"不開門", 像"老人隱藏心事"一樣。"到了晚上 / 陽光要回家", 只剩下"老人無處歸宿"(〈故事館〉)。透過心靈之眼看事物的詩人, 將語言當做"光"使用。

詩人既是預言者, 也是引人觀看的人。揭露並照亮永久運動和世界, 超越當前無形的世界。陽光照顧老人, 老人卻不開門。終於, 陽光消失, 只剩下老人獨自一人。〈故事館〉詩中揭示老人, 封鎖的房屋, 陽光等識別意象和悖論。詩人看事物的眼光究竟指向哪裡? 詩人李魁賢展現精彩驚人的神之天意。

詩人是觀看者, 也是啟示的人。透過詩人之眼和詩人的語言, 無形物變成有形物, 凡聽不見的, 都變成聽得見。"山谷"在無人知曉的情況下發出的"聲音","無人聽見", 但"留在內部迴盪"化成"雷聲"(〈谷中雷聲〉)。存在與虛無是一體無異。詩人知道。"由於空無 / 而實有", 而"空幻"或"幻虛"也是實在。詩人李魁賢補充道,"由於空幻 / 而實存"(同〈谷中雷聲〉)。

從古至今, 人類把關於世界的符號學思想構成一體。正如歷史上的先驅所觀察到的那樣, 世界是整體, 不是分散。當然, 世界一體, 意味精神認同, 超越物質認同。詩在此被召喚。詩人李魁賢的意象作品也是如此。他獨特的靜態意象投射出超越時空的效果。

他在〈晚霞〉詩中的詩意象超越《大祭司的視野》的同樣本體論觀點, 蘊含世界歷史中人性的熱愛。在紅色的

"晚霞"中，詩人接到"戰火燃燒的訊息"，讀出"往年的災情"和未來將降臨人間的不幸。詩人對紅色的"晚霞"感到心驚。"有鳥傳來瞬時快報／有船急往救難"。不幸的是，"美景"很快就會"淪入黑暗"，同時隱喻著晚霞之美和世界的陰暗。

正如〈晚霞〉所見，詩人李魁賢的意象是靜態的。然而，卻蘊含強力的意義能量。安靜且堅定不移。文學畫布上繪製的小小意象，蘊含宇宙擴大的原型具體化。

雖然是道具，但絕對不輕。反而很重。試讀〈山間小屋〉。詩人表明"山間小屋"，"孤寂像獨立的山"，作為完整的實體而存在，本身"與天空對話"，且"無意成為風景"。"小屋"不聽"風"的"語言"和"反應"，只是"禪定"，顯露"紅頂"。

"山間"的"小屋"，"風"，"紅屋頂"，是詩人"禪定"場所。詩人就是自然和宇宙本身。道具的客觀化已經成為自然和宇宙本身。在〈山間小屋〉中，讓我們看到"無欲"的技巧，甚至連詩人也變成"風"和自然。使我們能夠衡量詩人的啟蒙程度。

詩人的意象抹除掉物象以外的世界。徹頭徹尾，詩人李魁賢的意象孤寂矗立，彷彿連他自己都抹除掉了。就此而言，詩人已經達到啟蒙的巔峰。"只有一座山"，"只有一棵樹"，"長椅／上面只坐一位老人"，"只有一個太陽"，"迎接唯一的太陽"，"世界"是"寂靜無聲"(〈孤寂〉)。

已經成為自然的詩人不動了。自然和宇宙在變化，移動和流動。但有些事不會改變。詩人處於大自然永恆的天意中心。在流動的時間中心，不動靜觀自我和自然。描繪出世界的意象。

他並不想成為思想家或哲學家。只是堅持自己的工作。對這樣的詩人來說，他本身就成為自然。因此，李魁賢詩中的意象具有超越而且不變的世界。詩人李魁賢透過靜態意象展現永恆輪迴的絕對思想世界。總而言之，詩人李魁賢的詩世界可以如上述界定。

卞義洙，韓國詩人。1991年出版第一本詩集《記憶的遠方城市》。1996年2月在《現代詩研究》發表作品，開始正式詩人生涯。從那時起，他一直是無意識象徵主義的領導人物，2002 年出版第二本詩集《當月亮升起，樹有拱形的胸膛》，隨後是有關無意識象徵主義的著作。2008年出版第三本詩集，名為《無意識的象徵主義：自然，精神和象徵》的長詩集，接著出版第四本詩集《黑太陽下的鸚鵡》，以及第一本文學評論著作《等待一群幻想：無意識的象徵主義》。他也寫過一本關於象徵主義和象徵的論文集，題為《象徵與象徵，入侵與抵抗》。從那時起，他專注於「元符號學」，即無意識象徵主義的延伸。2009年出版第二和第三本文學評論著作《被上帝召喚的藝術家》和《精神分裂症與詩人》，2010年出版藝術評論著作《理解徐商煥與當代藝術》。2013年出版藝術評論書《徐商煥的藝術象徵：遇見朴常隆小說與卞義洙 詩》。2015年出版兩卷本《趨同研究：象徵主義》，提出將「象徵主義」作為一個獨立的新興學術領域。2021年創辦詩雜誌《象徵主義研究學會》，並擔任發行人兼主編。

<A review of poetry>

Great Poet Lee Kuei-shien(李魁賢)'s static images and transcendental world of thought
- Focusing on the 16th poetry collection《台灣意象集 (Image of Taiwan)》

By Byeon, Euisu(卞義洙)

(editor in chief of the 『Symbolism Research Institute』, poet)

There are two eyes on the face, but only one eye in the heart. Objects can be seen completely with two eyes. But the other side of things can only be seen through the mind's eye. The mind's eye does not see things through light. The eyes of the face that see an object perform a phenomenological gaze to understand an object. Science analyzes and governs things. In contrast, the poet reveals a world that is invisible to the naked eye. Physical light reveals the changing phenomena of objects, but mental light illuminates the invisible world of objects.

Poet Lee Kuei-shien contemplates the world beyond

phenomena. Phenomenological ideology that aims at the essence of the world beyond things is possible through the eyes of the poet. The ultimate and essential noesis of phenomenology is the metaphor used by the poet. It is achieved through the power of poetic thinking beyond scientific observation and mathematical methodology. The light that enters through the two eyes goes through the refraction of analogical thinking in the poet's mind and reveals the essence of things and the world. Such a poet looks at the world beyond things and becomes one with nature. It is the role and calling of a poet.

Poet Lee Kuei-shien shows the village of souls beyond the world of light. "The red brick house is an old man / suffering from rheumatism." "Sunlight during the day" "warms" an elderly person who cannot walk. But the house "does not open" like the "old man." "When dusk comes/the sunlight fades" and the "old man" is left alone (〈Story House(故事館)〉). A poet who sees things through the eyes of the soul uses language as 'light.'

A poet is both a seer and a person who makes one see. It reveals and illuminates the eternal movement and world beyond the invisible world of the present. The sunlight takes care of the old man, but the old man does not open the door. Eventually, the sunlight disappears and the old man is left alone. Images of identification and paradox of the old man, the house with the door locked, and sunlight are revealed in 〈Examiner〉. Where are the poet's eyes looking at things directed? Poet Lee Kuei-shien shows the frighteningly amazing providence of God.

The poet is the one who sees and also the one who reveals. Through the poet's eyes and the poet's language, the invisible becomes visible and the inaudible becomes heard. The "sound" that the "valley" makes without anyone knowing is "unheard by anyone," but it resounds as a "sound of thunder" in the "inner heart"(〈Thunder in the Valley(谷中雷聲)〉). Being and nothingness are one and the same. The poet knows. "Emptiness. It becomes real, and "fantasy" or "illusion" is real. Poet Lee Kuei-shien adds, "Because fantasy/it becomes substantial being" (same poem).

From ancient times to modern times, humans have constructed semiotic thoughts about the world as one. As pioneers since history have observed, the world is one and not separate. Of course, one world means spiritual identity that transcends material identity. Poetry is summoned there. The same goes for Poet Lee Kuei-shien's image work. His characteristic static images project transcendent space and time.

His poetic image in the poem ⟨Evening Glow⟩ goes beyond the same ontological perspective as ⟨The View of a High Priest⟩ and contains love for humanity in world history. In the red "sunset," the poet receives the message of the "blazing fire" of "war," and reads the "disasters of the past" and the "misfortunes" that "will come" to humanity in the future. Such a poet is surprised by the red-tinged "sunset light." "Birds bring urgent news, / Ships set sail for emergency rescue." And, unfortunately, the "beautiful scenery" will soon be trapped "in darkness," simultaneously metaphorizing the beauty of the sunset and the gloom of the world.

As seen in ⟨Evening Glow⟩, Poet Lee Kuei-shien's image is static. However, it contains a powerful energy of meaning. Quiet but unwavering. The small image drawn on the canvas of letters contains an archetypal realization with cosmic expansion.

Although it is a prop, it is by no means light. Rather, it is that heavy. Let's look at "Mountain Lodge." The poet shows that the "hut" "in the mountains," "like a hill standing alone," exists as a complete entity on its own "in a conversation with the sky" and "without any intention of becoming a landscape." He "does not listen" to the "words" and "reactions" of the "wind," but "meditates," and the "hut" "just shows the red roof."

It is the "hut" of the "mountain lodge," the "wind," and the "red roof" where the poet "meditates." The poet is nature and the universe itself. The objectification of a prop has become nature and the universe itself. In ⟨Mountain Lodge⟩, we see the skill of 'desirelessness' in which even the poet becomes a "wind" and nature. It allows us to gauge the degree of the poet's enlightenment.

The poet's image erases the world other than objects. To the point of being thorough, Poet Lee Kuei-shien's image stands alone, as if he has even erased himself. To that extent, it can be said that the poet has reached the pinnacle of enlightenment. "There is only one mountain," "There is only one tree," "Only one old man sits on the bench," "Only one sun," "Welcoming the one and only sun," "the world" is "keeping silent" (⟨loneliness⟩).

The poet who has become nature does not move. Nature and the universe change, move, and flow. But there are some things that don't change. The poet is at the center of nature's permanent providence. At the center of flowing time, one is contemplating self and nature without any movement. And it draws an image of the world.

He is not trying to be a thinker or a philosopher. He just sticks to his own work. For such a poet, he himself has become nature. Therefore, the images of Poet Lee Kuei-shien's poetry have a transcendent and unchanging world. Through static images, Poet Lee Kuei-shien shows the world of absolute thought in eternal return. In short, Poet Lee Kuei-shien's poetic world can be defined that way. (In short, his poetic world can be defined as above.)

<Poems cited>

⟨Story House(故事館)⟩, ⟨Thunder in the Valley(谷中雷聲)⟩, ⟨Sunset Glow(晚霞)⟩, ⟨Mountain Hut(山間小屋)⟩, ⟨Loneliness(孤寂)⟩.

Mr. Byeon, Euisu(卞義洙) is a Korean poet. He published his first poetry book, "The Distant City of Memories," in 1991. In February 1996, he began his official career as a poet with the publication of his works in "Modern Poetry Studies." Since then, he has been a leading figure in unconscious symbolism, with his second poetry book, "When the Moon Rises, Trees Have an Arched Chest," published in 2002, and his subsequent work on unconscious symbolism. He published his third book of poetry, a collection of long poems titled "The Symbolism of the Unconscious: Nature, Spirits, and Symbols," in 2008, followed by his fourth poetry book, "The Parrot in the Black Sun," as well as his first book of literary criticism, "Waiting for a Flock of Fantasies: The Symbolism of the Unconscious." He has also written a collection of essays on symbolism and symbols, titled "Symbols and Symbols, Invasion and Resistance." Since then, he has focused on "meta-semiotics," an extension of unconscious symbolism. He published his second and third books of literary criticism, "Artists Called by God" and "Schizophrenia and Poets," in 2009, as well as a book on art criticism titled "Understanding Seo Sang-hwan(徐商煥) and Contemporary Art" in 2010. In 2013, he published "Seo Sang-hwan(徐商煥)'s Art Symbols: Meeting Park Sang-ryong(朴常隆)'s Novels and Byun Yi-soo's Poems," a book of art criticism. He also published "Convergence Studies: Symbolism" in two volumes in 2015, in which he presents "symbolism" as an independent emerging academic field. In 2021, he founded and served as publisher and editor in chief of the poetry magazine "Institute of Symbology Research(象徵學研究所)"